NI VOUS SANS MOI,
NI MOI SANS VOUS

DU MÊME AUTEUR

Aux Éditions Bernard Grasset

LES SIGNES ET LES PRODIGES, *roman.*
TROIS ÂGES DE LA NUIT, *histoires de sorcellerie.*
LA MAISON DE PAPIER, *roman.*
LE JEU DU SOUTERRAIN, *roman.*
ALLEGRA, *roman.*
DICKIE-ROI, *roman.*
UN CHAGRIN D'AMOUR ET D'AILLEURS, *roman.*
PORTRAIT D'UN ENFANT NON IDENTIFIÉ, *roman.*

Aux Éditions Julliard

LE REMPART DES BÉGUINES, *roman.*
LA CHAMBRE ROUGE, *roman.*
CORDÉLIA, *nouvelles.*
LES MENSONGES, *roman (Prix des Libraires, 1957).*
L'EMPIRE CÉLESTE, *roman (Prix Femina, 1958).*
LES PERSONNAGES, *roman.*
LETTRE À MOI-MÊME, *essai.*
MARIE MANCINI, LE PREMIER AMOUR DE LOUIX XIV
      (Prix Monaco, 1965), biographie.
J'AURAIS VOULU JOUER DE L'ACCORDÉON, *essai.*

Aux Éditions Gallimard

LE CLIN D'ŒIL DE L'ANGE, *nouvelles.*
LE RIRE DE LAURA, *roman.*

Aux Éditions Flammarion

JEANNE GUYON, *biographie.*
LA TRISTESSE DU CERF-VOLANT, *roman.*
ADRIANA SPOSA, *roman.*
DIVINE, *roman.*
LES LARMES, *roman.*

Aux Éditions Flammarion/Plon

LA MAISON DONT LE CHIEN EST FOU, *roman.*

Aux Éditions Plon

SEPT DÉMONS DANS LA VILLE, *roman.*
LA DOUBLE CONFIDENCE, *roman.*

FRANÇOISE MALLET-JORIS

de l'Académie Goncourt

NI VOUS SANS MOI, NI MOI SANS VOUS

roman

BERNARD GRASSET

PARIS

ISBN : 978-2-246-69291-1

Belle amie ainsi est de nous
Ni vous sans moi, ni moi sans vous.

Marie de France
(Lai du Chèvrefeuille).

I

On montait trois marches après le portail orné d'affreux dragons, et on se trouvait dans une antichambre. A droite, un escalier étroit, malcommode, peint en noir ; à gauche, une porte vitrée donnait sur ce que Marc appelait « le jardin d'hiver », pièce occupant toute la longueur de la maison et pleine de plantes exotiques dans des jarres blanches, qui formait une sorte d'entresol, au-dessus de l'étroite bande de gazon qui séparait la « Pagode » de l'immeuble d'à côté, d'une robuste et inévitable laideur.

Il ne faisait que trois étages, cet immeuble, la « villa Marie-José ». L'autre, la Pagode, les amis l'appelaient « la maison de Marc ».

Entre la porte vitrée et l'escalier, une cheminée blanche au foyer un peu roussi par les feux de bois d'hiver.

Sur la cheminée, une statue assez informe, un bouddha aux yeux bleuâtres incrustés dans la pierre. Le regard bleuté, sous certains angles, paraissait bovin. Question de point de vue. C'était un de ces regards, comme sur de vieux portraits, qui semblaient vous suivre partout. De la porte vitrée, il paraissait énigmatique, presque malveillant. Mais quand on montait l'escalier de droite, au contraire, il comportait une sorte d'écoute. Il semblait attendre que le visiteur émît un vœu, et c'est pourquoi Siggi, l'ami de Marc, croyait que c'était un saint. Il était bien le seul !

De l'autre côté de la mesquine bande de gazon qui séparait les deux immeubles, le salon, ou boudoir, ou living, de Julia et Fred était exactement parallèle au « jardin d'hiver », et Julia, en écartant le grand rideau brodé de cupidons, pouvait observer Marc arrosant les grosses fleurs blanches dont elle ne savait pas le nom, déplaçant les jarres, taillant de petits arbres avec un ciseau à ongles. Elle se donnait d'autant plus volontiers ce spectacle, qu'il intriguait. Marc avait hérité la Pagode d'un oncle architecte, féru d'Art nouveau.

— On se demande pourquoi un garçon encore jeune, moderne, veut vivre là, disait Julia à Fred, son mari, qui s'en moquait.

Après la mort de l'oncle (Bram van Stockel), pour des raisons qui lui étaient propres, Julia avait voulu acheter la maison.

— La maison n'a jamais été à vendre, avait répondu Marc ; ce qu'elle avait pris pour un camouflet, alors que Marc savait à peine qu'elle existait.

— Donc il avait calculé son coup, spéculait Julia. Ce n'était pas pour rien qu'il soignait son oncle avec tant de dévotion.

— Il le soignait parce que c'était son oncle, répondait Fred, que le sujet n'intéressait pas.

Fred, grand, les épaules carrées – plus tard il aurait tendance à l'embonpoint –, avait l'air fait pour jouer au football américain. Dans sa tête tout était net et statutaire comme le sont les jeux collectifs. Cette façon d'être lui faisait une réputation de bienveillance et de loyauté, chose rare parmi les agents immobiliers. Il était le bras droit du père de Julia. Celle-ci estimait que c'était de la logique, sans plus. Ce qui ne l'empêcha pas d'éprouver un certain plaisir à sentir vaciller cette logique quand Siggi vint s'installer avec Marc. Après des considérations morales qui laissèrent Fred parfaitement indifférent, elle ajouta pour faire bon poids :

— D'ailleurs, Siggi est le diminutif de Siegfried. Ses parents devaient être collabos.

— Alors, Siggi aurait soixante ans, rétorqua Fred, à sa façon pesante. On ne peut pas imaginer qu'ils l'aient appelé Siegfried après la guerre. D'ailleurs ce sont des parents adoptifs.

Fred ne répondit pas. Il s'interrogeait sur l'achat d'une tondeuse à gazon. Mais il évita ostensiblement ses voisins depuis ce moment, ce

qui fit plaisir à Julia bien que ce ne fût pas la
tactique idéale pour amener Marc à leur céder
la Pagode. D'ailleurs, pourquoi *voulait*-elle la
Pagode? Un fantasme d'enfant? Une envie.
Enceinte? Oh! non, alors.

La Pagode n'était pas une pagode. Bien qu'on
la classât parfois dans l'Art nouveau, elle avait
été commencée trop tard, à un moment où l'Art
nouveau après sa fabuleuse floraison fin de
siècle, commençait déjà à fléchir.

Vous voulez des dates? En voici quelques-
unes, qui composeront – brièvement – un lai des
architectes inspirés de ce temps.

Entre 1900 et 1914, entre autres choses,
Gaudí travaille au parc Güel, esquisse d'une
cité-jardin. A peine décalés dans le temps
(1898-1902) mais plus rapides Sauvage et
Majorelle bâtissent la Villa de ce nom dont
chaque pièce comporte une luminosité différente. C'est à Nancy. Moins rapide – mais le
projet est majestueux – Hoffmann, de 1905 à
1914, édifie pour un banquier le palais Stoclet, à
Bruxelles. Entre 1898 et 1900, Horta, à près de
quarante ans, bâtit sa propre maison, rue Amé-
ricaine, qui pendant plusieurs années suscite
l'admiration générale. Puis la mode change.
Delune bâtit sa maison, Hankar bâtit sa maison.

Horta continue à travailler, l'hôpital Brugman, les divers projets de la Halle centrale. La mode change encore, Horta vieillit. « Lors de son dernier déménagement... il vend comme vieux papiers à la firme De Vriendt environ 800 kg de dessins et d'archives, détruisant ainsi presque totalement l'imposante documentation graphique de toute son œuvre » (*Horta*, éd. Volkaer, Borsi et Portoghesi.)

Nous sommes parvenus en 1945. Horta mourra en 1947, sans avoir connu son fervent admirateur Bram van Stockel.

Négligeant l'influence des arts africains qui pointaient, Bram van Stockel, amateur de jardins, de porcelaines, nature méditative et sans charme, conçut sa maison – car ce devait être la sienne –, sous une influence asiatique, modérée cependant. Cela se voyait surtout au niveau du toit, avec ses bords légèrement relevés, et, quand Bram avait vieilli, il était devenu amer devant la rapidité de l'évolution, devant l'oubli, déjà, où tombaient les œuvres les plus remarquables de Hankar, Delune, et même Horta, son « dieu » ; entre deux commandes banales, il avait achevé la Pagode par un portail parfaitement inutile, provocateur, orné de dragons d'une rare laideur que les touristes aujourd'hui photographiaient pieusement. Marc enfant adorait ces dragons et les caressait au passage quand il allait faire des courses pour l'oncle Bram. Jeanne, sa mère, une

13

veuve, proposa qu'il vécût avec son oncle « qui
n'avait rien à faire ». Marc alla vivre avec les dragons et son oncle. Il adorait la Pagode. Ceci
explique-t-il cela ? Bram lui avait laissé la maison. Marc n'y avait rien changé. Et pour tout le
quartier, passé le temps de l'ironie, était venue
une sorte de fierté devant la bizarrerie de la
Pagode, l'admiration des étrangers qui erraient
autour des étangs d'Ixelles en cherchant la maison dite « japonaise ». On avait fini par en faire
des cartes postales. Cela contraria sérieusement
Julia ! Un jour, la Pagode se vendrait une fortune.

Elle avait fait la connaissance de ses habitants.
D'abord de Siggi, qui ne demandait qu'à bavarder. Tania, la maîtresse de Gérald, le père de
Julia, avait travaillé autrefois chez les Heller qui
avaient un magasin de vêtements pour enfants,
avenue Louise, un très bel emplacement, très
chic, pas loin de la place Stéphanie ; et c'est
comme cela que Tania avait rencontré Gérald
(elle mangeait des glaces chez Haegendas). Et
puis... comment refuser de parler à Siggi ?
C'était un petit blond – pas si petit, d'ailleurs –,
aux grands yeux, aux belles dents, au visage
rond, avec un sourire irrésistible. Quand il allait
faire des courses, il s'arrêtait sous les fenêtres
de Julia ; s'il l'apercevait, il criait : « Besoin de
rien ? » Il remarquait les chapeaux de Tania
quand elle venait voir son amie et qu'il la croisait. Il levait le pouce en signe d'approbation,

sans parler, mais elle était contente. Parfois ils
s'asseyaient sur un banc, à côté de la station
d'autobus, et discutaient des spectacles nouveaux, du prix des légumes... mais ni de Marc,
ni de la Pagode, ni du désagréable Gérald (pensait Siggi). Pour marquer la fin de l'entretien
épié ouvertement par Julia de la salle de bains du
second, et, peut-être, plus discrètement, par
Marc du rez-de-chaussée, Tania disait avec une
sorte de pudeur :

— Et comment va... le patron ?

C'était M. Heller dont elle se souvenait avoir
été la première vendeuse.

— Ils vont tous très bien ! disait Siggi, qui
n'aimait pas parler de sa famille.

Et il s'éloignait vers la Pagode, chargé comme
un mulet : il faisait toujours trop de courses à la
fois.

Par la fenêtre, Julia faisait un petit signe à
Marc.

Ce jour-là, Siggi avait découvert, dans une
petite rue proche, un marché aux fleurs qui
l'avait enchanté. Il y avait rempli l'un de ses
paniers. Il en portait deux, énormes.

— Quelle horreur, ces glaïeuls ! s'était écrié
Marc. Et tu en as mis partout ! Ça fout tout le
style de la maison par terre.

— Des fleurs ! ?

— Parfaitement. Tu ne sais ni les choisir, ni
les arranger. Un bouquet dans l'entrée, soit. Ou

15

en haut de l'escalier. Une tache claire, je veux bien... N'importe quoi, sauf des glaïeuls, naturellement.

— Et pourquoi ? dit Siggi, image de l'innocence outragée. Ça n'a même pas d'odeur, les glaïeuls.

— Il n'y a rien de plus vulgaire que les glaïeuls, avec ou sans parfum.

— Alors, j'ai des goûts vulgaires ?

— Mais non ! Tu n'as pas pensé à la maison, au type de vases que nous avons...

Il y eut un abîme de silence. Ils regardaient le gouffre. Siggi avait hésité un moment entre les larmes et la bouderie – il était doué pour les deux –, puis son bon naturel l'avait emporté.

— Tu sais ? j'ai une idée géniale ! J'ai vu, à côté de la maison communale, une affiche qui proposait des cours de bouquets japonais. C'est exactement ce qu'il me faut, non ? Et ces fleurs-là, je vais les jeter... non, je vais les porter à Notre-Dame-de-la Chapelle, le père Cyrille ne trouve peut-être pas les glaïeuls si vulgaires !... Et puis, dans une église...

Ils eurent, ensemble, un grand soupir. Le gouffre était évité, le précipice s'éloignait.

Marc était très sensible à ces baisses de tension. Siggi, qui pouvait savoir ? De temps en temps, l'inquiétude réapparaissait. Comme il craignait le soleil sur certaines de ses plantes, Siggi avait suggéré la pose de stores métalliques dans le jardin d'hiver. Le style de la maison en serait, disait Marc, compromis.

— Le style! le style! je ne sais même pas ce que tu veux dire!

— C'est ce que je te reproche, justement.

Outragé dans sa bonne volonté, Siggi avait ouvert la bouche pour répliquer, puis l'avait refermée. Marc allait ajouter quelque chose, mais ne l'avait pas fait. De nouveau, ce silence, cette légère angoisse (enfin, chez Marc). Il était inquiet, mais Siggi l'était-il? Peut-être pour lui n'était-ce qu'un petit accrochage sans importance... Le plus bête, c'était que Marc vénérait la mémoire de son oncle, mais que le côté japonais... Enfin, la Pagode avait sa logique. Il fallait bien la respecter...

Finalement, il l'aurait bien vendue à Julia s'il n'avait pas eu la crainte, superstitieuse, de changer la moindre chose dans sa vie. D'ailleurs Siggi adorait la Pagode. Marc se demandait parfois s'il ne l'avait pas aimé à cause de la Pagode... Marc se demandait si Siggi n'aimait pas *que* la Pagode. Absurde, non?

Ce qui embêtait sérieusement les Heller, c'était d'habiter – toutes proportions gardées – si loin de leur magasin principal. Enfin, quand on dit « si loin », c'était du côté de la gare du Luxembourg,

une maison héritée, un quartier qui, avec l'installation de l'Europe, deviendrait animé, presque
élégant, mais ne l'était pas encore du temps de
l'enfance et de l'adolescence de Siggi, quand il ne
s'entendait pas avec ses parents. Maintenant, ça
allait, tant bien que mal... eux faisant de grandes
démonstrations d'affection une fois par semaine,
comme on allume l'électricité. Une fois de temps
en temps, tous les deux mois peut-être, Marc
l'accompagnait. On l'accueillait avec les mêmes
démonstrations, à peine atténuées, et, prévenue,
Mme Heller achetait un gâteau.

Les Heller, tenant compte du caractère indé-
pendant (c'était leur mot) de Siggi, avaient admis
qu'il voulût habiter de son côté, dans une
chambre louée à Marc. Ce qui avait facilité leurs
rapports, c'était qu'après une période de révolte,
Siggi empruntant l'argent des courses pendant
que sa mère s'habillait pour sortir, lisant des livres
qu'on lui confisquait et en rachetant d'autres,
découchant, manquant le lycée, mais, brusquement calmé à seize ans, il avait consenti à suivre
des cours de comptabilité, continuait à se perfec-
tionner, et même conseillait parfois son père au
sujet du magasin. Ça arrange bien des choses,
une bonne entente sur les questions d'argent...
M. Heller lui donna, à partir de ses dix-huit ans
révolus, une mensualité qui rémunérait ces
services-là.

Bon, mais Marc ? Il y avait d'abord eu des
questions : Combien tu la paies cette chambre ?

Est-ce que tu as l'usage de la salle de bains, de la cuisine ? Il s'empêtrait un peu en répondant. Et puis il ne répondit plus. Un dimanche, les Heller se promenèrent à pied, mine de rien, le long des étangs d'Ixelles et, s'étant informés, parvinrent à dénicher la Pagode. Eh bien, on ne le croirait pas, mais cela mit fin pour un temps à leurs inquisitions. D'abord ils avaient admiré. Les dragons, surtout, les avaient épatés. Et puis, renseignés sur le passé de l'oncle Bram, sur le fait que ce temple avait été légué par lui à son neveu, sans qu'ils se soient concertés, l'idée vint, germa, grandit, que l'oncle n'avait peut-être pas laissé à Marc que la Pagode... Il avait eu son heure de célébrité, l'oncle. Il avait sans doute fait des économies. Marc avait été sa seule famille. Il faut ajouter que Marc avait perdu son père. De ce côté-là, il y avait peut-être aussi quelque chose qui était revenu à Marc ? La mère... une veuve, ça ne dépense pas grand-chose, une veuve. Et puis, n'ayant que lui, elle devait être très attachée à son fils. Tout ceci mit autour de Marc une auréole de respectabilité que l'architecture n'avait pas suffi à lui donner. Il travaillait peut-être pour son plaisir, qui sait ?

Ces réflexions, nourries en secret par l'un et l'autre des parents Heller, aboutirent enfin à ceci : un samedi, qui était le jour de visite de Siggi, sa mère lui dit avec une sorte de négligence :

— Le jour où tu voudras, tu pourras nous amener ton ami pour le thé. Je ferai un gâteau.

Il n'y eut plus de questions. Siggi vivait avec Marc van Stockel depuis deux ans.

Gérald Chaumette, lui, ne se plaignait pas : il avait un appartement juste au-dessus de son cabinet d'immobilier, place Stéphanie. C'était bien un peu bruyant, mais enfin, la proximité... Et puis c'était une bonne affaire. Il avait fait insonoriser son bureau où il écoutait des disques. Julia, et plus tard Tania, n'avaient qu'à s'habituer au bruit des camions et des autobus. Parfois, il autorisait Tania à se tenir dans le bureau, brodant. Il trouvait cela poétique. On met la poésie où l'on peut. Notez que sa jeunesse s'était passée devant un des paysages les plus poétiques du pays, celui que Verhaeren aimait et où il était enterré. Et tout ce que Gérald avait jamais trouvé à en dire, c'était que l'Escaut, les roseaux, la douce brume qui se retirait peu à peu en dévoilant un paysage sans fin, lui fichaient le cafard. C'était peut-être à cause de l'abandon de sa femme : elle avait filé quand la petite avait à peine sept ans. Ni les roseaux ni Verhaeren ne pouvaient arranger ça.

L'endroit s'appelait Saint-Amand-sur-Escaut. Le grand-père avait commencé à faire un peu d'argent avec un petit restaurant pour touristes et mariniers. Or, après le départ de sa femme, Gérald n'avait pas hésité à vendre la maison. Un bon prix. Là, Verhaeren avait servi à quelque chose, enfin! Maison de famille... maison de famille... il y avait des gens du pays qui lui avaient dit ça avec un peu de reproche dans la voix.

— C'est à ma femme qu'il fallait dire ça.

Alors ils la bouclaient, qu'ils sachent, sachent à moitié ou pas du tout. Lui, tout de suite avait visé Bruxelles. Il avait déménagé plusieurs fois, fourré la petite – la gosse – en pension. Evelyne n'aurait pas approuvé mais, après ce qu'elle avait fait, elle n'avait plus droit à la moindre information. Elle n'avait même pas osé demander un droit de visite. Le silence. Dieu sait où elle vivait... Tout ce qu'il souhaitait, ou croyait souhaiter, c'était ne plus jamais en entendre parler. Du moins il le disait. Il réussissait bien. Alors, il choisit la place Stéphanie et, peu après son installation, Tania. Il faut tout de même qu'un homme ait une maîtresse! Sinon il a l'air de quoi? Tania était une petite femme, menue encore mais appelée à devenir boulotte avec l'âge. Un visage très avenant, joli même, tant qu'on ne pensait pas à un king-charles.

Classiquement, Julia l'avait d'abord détestée. Ça n'avait pas duré. Elle s'en était ensuite rapprochée, espérant qu'à elle (Tania) Gérald aurait dit la vérité sur Evelyne. Elle s'était vite rendu compte qu'il n'en était rien. De temps en temps, depuis le départ pour elle inexplicable d'Evelyne,

elle posait une question malgré les interdictions
de Gérald qui, d'ailleurs, n'avait jamais réussi à
interdire quelque chose à quelqu'un.

— Je te défends!... Tu m'entends, Julia, je te
défends!... Considère qu'elle est morte, morte,
morte. Pleure une bonne fois, et n'y pense plus.

N'y pense plus! A sa mère! A sept ans!...

Une autre fois, beaucoup plus tard, elle ne sait
plus quand, mais avant Tania :

— Mais dis-moi au moins où elle est! J'ai tout
de même le droit de savoir où elle est!

— Tu n'as aucun droit.

Avec cette cruauté des faibles sur le visage, on
dirait qu'il va pleurer. Il enrage. Et, tout de suite
cède. Mais cède-t-il ?

— Elle est au Japon. Je te l'ai déjà dit : au
Japon (et il ajoute, car sa faiblesse même se
masque d'un raffinement de méchanceté) : Peut-
être que tu recevras un jour de beaux timbres!

Plus tard elle avait essayé ceci :

— Papa, est-ce que tu lui donnes une pension alimentaire, à maman ?

Gérald, affalé dans le grand fauteuil Marple
du living, image vivante de la tranquillité, journal sur les genoux, café sur une petite table
d'appoint, sursaute.

— Quoi ? !

— Est-ce que tu lui verses une pension alimentaire, à maman ?

Il se dresse avec une vivacité inhabituelle.

— Il ne manquerait plus que ça! Une pension! A une femme qui m'a planté là, avec une gosse de sept ans! Tu te rends compte de ce que tu dis?

A vrai dire, c'était plutôt un test, une provocation. Et devant la figure ahurie de Tania qui ouvrait grands ses yeux de chien d'appartement, elle avait bien vu qu'elle non plus ne savait rien. Il mentait à tout le monde, quoi! Parce qu'il était impossible qu'il ne sût rien, absolument rien. Pour divorcer, il avait bien dû... Mais avait-il divorcé?

Quand Julia était sortie de pension pour venir s'installer place Stéphanie, elle s'était bien juré qu'elle n'aurait jamais Tania pour belle-mère... ou alors qu'il l'épouserait, et serait très malheureux. Mais Tania était-elle capable de rendre quelqu'un très malheureux? Ou encore, Gérald était-il capable d'être malheureux? Il faisait rarement allusion à Evelyne et, s'il le faisait, c'était pour lui faire grief d'avoir abandonné sa fille, «la lui laissant sur les bras». Horrible expression qui indignait Tania autant que Julia.

Des choses comme ça les unissaient. «Il finira bien par l'épouser», disait Fred avec indifférence. D'ici que Gérald (pour lequel il nourrissait un bienveillant mépris) se décidât, il aurait la maîtrise complète du carnet de clientèle et des clients eux-mêmes. Il verserait un bon intérêt à son beau-père. Julia, d'abord révoltée :

23

— Tu es trop bon, finit-elle par dire à Fred. Mais est-il bon ? Un peu passif, peut-être. Dans la vie courante, en tout cas. Les affaires, c'est autre chose. Julia est là pour lui rappeler les étrennes de Maria, la petite bonne portugaise, le baptême du fils de sa secrétaire, et que Joseph, l'homme à tout faire de l'allée des Acacias, a sept enfants pour lesquels il faut sans cesse intervenir.

Mais alors Julia est bonne, elle aussi ? Mais oui, partiellement. Par couches, comme une cassate : café, vanille, vanille, café. Elle ne manque même pas d'une certaine délicatesse : alors qu'elle épie les faits et gestes des habitants de la Pagode avec une vive curiosité, pour rien au monde elle n'interrogerait Maria qui sert de femme de ménage dans les deux immeubles. Elle doit en entendre, pourtant, Maria ! Mais il y a des choses qu'on ne fait pas.

Cette même délicatesse lui avait fait comprendre, petit à petit (ou alors elle avait cru comprendre), qu'en agissant de cette façon, Tania faisait preuve d'un réel désintéressement. Et parfois, dans un de ces brusques éclairs de lucidité qui la traversaient, Julia avait comme le pressentiment d'une triste fin pour Tania, abandonnée de tous dans son petit studio du quartier des Etangs Noirs, et vivotant tant bien que mal de la maigre pension alimentaire que lui versait son ex-mari. Alors, dans un de ces élans qui lui étaient propres, elle s'écriait, allant jusqu'à secouer Tania :

— Mais épouse-le ! Epouse-le donc !

Elle disait cela un peu par provocation, un peu par désespoir, les jours où elle se persuadait que sa mère ne reviendrait pas, ne reviendrait jamais, était morte. Alors autant que la pauvre Tania en profitât.

— Je ne sais même pas s'il est divorcé, disait Tania, avec une lueur d'espoir.

Julia se taisait. Elle aurait pu savoir. Elle aurait pu consulter l'état civil, des avocats, des registres, même des amis qui pouvaient être au courant. Mais tant qu'elle ne savait pas, demeurait au moins le mystère de cette absence, ce vide qui n'était qu'à elle, cette arme qu'elle dirigeait contre son père, bien sûre qu'il serait toujours trop humilié, trop faible, pour répondre. Peut-être même, soumis à ces questions inutiles, souffrait-il un peu. Tant mieux, tant mieux. L'ombre de la bonté s'éloignait du cœur ulcéré de Julia.

D'ailleurs ce n'était pas que de la faiblesse chez Gérald : dans le genre résistance passive, il se retranchait quand il se sentait atteint. Il s'enfermait dans son bureau avec son horrible Vivaldi et mettait le son au maximum. Les deux femmes fuyaient : Vivaldi était l'ennemi de toujours.

Il y avait autre chose encore que Julia avait perçu dans ses moments de non-bonté. Tout au

25

fond de la cervelle confuse de Tania, dormait encore un espoir de jeune fille : trouver mieux. Une rencontre miraculeuse, un industriel, un chef d'orchestre... On pouvait tout dire de Gérald, sauf qu'il fût miraculeux. Julia elle-même en avait conscience. Mais elle ne croyait pas que Tania pût trouver mieux. Tania n'était pas miraculeuse non plus ! Son côté poupée Barbie, son oisiveté agitée, le vide (calculé ?) de ces beaux yeux-là, Julia le reconnaissait, elle avait de beaux yeux ! Mais de beaux yeux démodés ne pouvaient plaire qu'à des hommes d'un certain âge, eux-mêmes démodés. Alors, ses rêves de vedette...

La bonté s'éloignait encore un peu de Julia comme un nuage chassé par le vent. Seule Tania aurait pu extorquer à Gérald ces détails qu'elle voulait et ne voulait pas connaître. Qui sait ? sa mère pouvait très bien être encore vivante ! Elle devait avoir... voyons... cinquante-cinq ans. Ce n'est pas vieux, de nos jours. Mais c'est vieux pour être amoureux encore. Cet homme, cet inconnu, elle ne l'aimait sans doute plus. Peut-être l'avait-il abandonnée. Mais où ? Où ? Au Japon, vraiment ?

— Tu ne le crois plus ?

— Je ne sais pas... Il a si peu d'imagination. Tu crois qu'il serait allé inventer ça ? Si tu lui demandais, toi ?

Tania ne voulait pas. Cela allait créer des complications. Gérald lui en tiendrait rigueur.

Et Julia elle-même, sa curiosité satisfaite, lui en voudrait aussi.

— Et c'est toi-même qui me dis de ne pas lâcher la proie pour l'ombre...

Julia cachait sa colère et changeait apparemment de sujet.

— Tu devrais porter des jupes plus courtes : cette année, cette longueur-là, ça ne va plus.

Tania avait des genoux abominables. Elle achetait la jupe conseillée par Julia. Bien fait !

Malgré tout, une alliance s'ébauchait. Il y avait eu des moments difficiles. Sortie de pension, débarrassée des fractions, du haïssable Labienus et du complément circonstanciel, Julia, si elle n'était pas devenue aussi jolie qu'elle le souhaitait, honnêtement, était mieux que pas mal. Elancée, gracieuse, et, la mode évoluant, son teint légèrement cuivré, ses yeux très noirs, ses lèvres douces et un peu épaisses, cet ensemble exotique, tout à coup on se dit autour d'elle que c'était la beauté. Son père, même, devint plus indulgent, rêvant pour elle d'un beau mariage. Tania, installée depuis deux ans déjà (à cette époque, Julia pensait : incrustée) place Stéphanie, s'en offusqua d'abord, s'y résigna ensuite. Elle savait bien qu'avec ses cheveux décolorés mais abondants, ses grands yeux bêtes, sa taille mince et ses gros seins, elle ne pouvait pas lutter : elle faisait « avant-guerre ».

Elle finit par aimer la beauté de Julia. Si seulement celle-ci pouvait cesser de la harceler au

27

sujet de sa mère ! Evelyne – d'après ce qu'on disait d'elle, du moins – était une vraie blonde, et Gérald, un châtain-blond fadasse. La mère d'Evelyne, cette vieille guenon tapie au cinquième étage d'un immeuble résidentiel, qu'on ne voyait qu'au Nouvel An, avait peut-être été brune ? Peut-être été belle ? Les rares fois où elle faisait une apparition place Stéphanie, chargée d'une grosse boîte de biscuits bon marché, elle maudissait sa fille disparue, payant ainsi son admission dans le lourd salon obscurci de draperies de Gérald. Brandissant les aiguilles à tricoter qui ne la quittaient jamais, comme des dagues, elle glapissait :

— Même si elle venait mendier à ma porte, je ne la recevrais pas !

Ni Gérald ni Julia ne la croyaient. Mais Tania, grande lectrice de romans-photos, doutait. On abandonne son mari, mais abandonne-t-on sa mère ?

— Elle a bien abandonné sa fille ! rétorquait Julia au cours de la discussion intime qui suivait.

Tania soupirait. Julia retenait ses larmes, cachait l'angoisse qui ne l'avait pas quittée depuis qu'elle ne vivait plus à Saint-Amand. Elle avait toujours espéré qu'à travers la brume et les roseaux, sur l'Escaut, à cet endroit paisible, Evelyne reviendrait.

Parfois l'angoisse était supportable. Elle cousait, elle brodait, elle était très adroite de ses

28

mains. Elle s'arrêtait, elle regardait ses mains longues, élégantes... Ses mains qui étaient tout ce qu'elle tenait de sa mère, croyait-elle. Elle pensait à toutes les femmes qui avaient attendu et souffert ; c'est cela, au fond, qu'on entend par « ouvrage de dame » : Madame du Deffand, presque aveugle, faisant ce qu'on appelait à l'époque des « nœuds », et Julia se demandait à quoi cela pouvait bien ressembler... Madame Colette qui savait tailler les rosiers... Madame de Vilmorin qui coupait, était-ce des housses ? elle ne se souvenait pas... Enfin toutes ces femmes qui avaient perdu quelqu'un ou qui attendaient quelqu'un, encore. Et l'angoisse revenait, comme une marée lente, puis se retirait. L'Escaut emportait dans la brume les souvenirs, les longs cheveux blond-gris toujours défaits, les yeux tristes et durs, et pas même un baiser, un geste de la main – un vide seulement, un vide.

Julia était décidée à ne pas se marier. C'était la forme de sa révolte : qu'on lui rende sa mère ou, du moins, qu'on lui en parle. Elle refusait d'accepter toute autre compensation. Les « descriptifs » qu'elle rédigeait pour l'agence, une séance de cinéma avec Tania de temps à autre, ne remplissaient pas sa vie. Elle avait parfois un bon moment, assise dans le bureau de l'agence, en refusant, l'une après l'autre, les invitations qui s'accumulaient. Gérald n'intervenait pas, il haussait les épaules. Il haussa encore les épaules quand Julia, à dix-neuf ans, décida tout de même de se marier.

Voici : Fred était en retard. Elle le connaissait à peine. Ils allaient ensemble au cinéma. Fred était le fils d'un ami de Gérald. Tous ces gens-là étaient riches, l'un entrepreneur, l'autre agent immobilier. Ils avaient des amis dans les ministères, ils parlaient de comités et d'adjudication, et ils parlaient parfois d'« affaires juteuses ». Ceci dit, bon, ils étaient riches, renouvelaient rideaux et canapés quand il le fallait, ne se privaient pas de repas dans les meilleurs restaurants, et, quant à leurs voitures, elles étaient de celles qui font siffler les gamins dans la rue. Mais ils travaillaient, et Fred était conscient du fait qu'il lui fallait travailler aussi. Il avait préféré l'immobilier, soit! Il n'avait donc qu'à monter du bureau du rez-de-chaussée, bureau tapissé d'alléchantes photographies d'immeubles et de maisons de campagne, pour rejoindre Julia. Alors, *pourquoi en retard*?

Elle téléphona. Personne. Les deux assistantes étaient déjà parties. Mais Fred?... L'angoisse afflua tout à coup : une vague gigantesque, suffocante. Saint-Amand reparut, la maison vendue, les longs cheveux, le nom même de

Verhaeren qui réveillait en elle une douleur fine et rapide, s'élargissant, s'enfonçant, et elle revoyait la tombe qui s'avançait, comme en partance, au bord de la courbe marécageuse du fleuve... la tombe, celle de sa mère. La sienne. Ses ongles s'enfoncèrent dans le faux cuir du canapé. Elle sanglota.

Là-dessus, Fred entra, bruyant, joyeux, la submergeant de détails sur une batterie défectueuse, un pneu crevé, un client enfin décidé après huit jours de pourparlers et elle se jeta dans ses bras. Elle n'en pouvait plus de cette solitude, de ce chagrin refoulé, de toutes ces larmes en elle comme un trésor caché, pesant. Et pourquoi pas Fred? Gérald ne fit aucune objection. Tout ce qui lui permettait de ne rien changer à sa routine était bienvenu. Elle aurait pu faire mieux, mais pire aussi. Il eut quelques mots insignifiants de félicitations, se retira, et bientôt on entendit, dévalant l'escalier (il avait oublié de fermer la porte de son bureau), Vivaldi, au meilleur de sa forme.

Christian Heller était resté, pour Tania, depuis cinq ans qu'elle avait quitté le magasin, « le patron ». Et lui, malgré le jugement sévère qu'il portait sur sa liaison, gardait pour elle, fidèle dans les moments difficiles, une certaine affection. Comme celle qu'on conserve pour les femmes qu'on a courtisées.

31

Elle venait voir le couple de temps en temps, demandait des nouvelles de leur commerce, s'informait des nouveautés, emportait des catalogues. Depuis le mariage de Julia, elle était fourrée aux étangs d'Ixelles plusieurs fois par semaine. Elle leur parlait de Siggi, avec lequel elle était en bons termes. M. Heller répondait avec une certaine réserve. Comme Tania, Siggi ne vivait pas selon les principes des Heller, mais quand on pense à son adolescence...

Il y avait eu là des accrochages, des désaccords, et même une fugue de Siggi dont ses parents ne parlaient pas. M. Heller y faisait parfois allusion, de manière voilée, à Tania, pour qu'elle comprît que, comme Siggi – qui travaillait maintenant à mi-temps dans une fabrique de porcelaine –, il serait temps qu'elle se rangeât ! Et plus que temps ! Siggi n'avait que vingt-trois ans, Tania, déjà divorcée, dépassait la trentaine (disait-elle). Pour un peu, « le patron », agacé par la situation fausse de son ancienne vendeuse, l'eût secouée, comme Julia, en la sermonnant : « Mais épouse-le ! Epouse-le donc ! »

— Mais comment ? gémissait Tania. Comment faire, si elle est au Japon ? (Cet alibi lui servait, comme à Gérald.)

— Si tu veux mon avis, disait Heller qui avait gardé l'habitude de tutoyer « la petite », elle n'est pas plus au Japon que moi ! Elle est en France, en Belgique, en Italie peut-être... Mais crois-

32

moi, ces fugues romantiques, j'en ai vu plusieurs : ça commence toujours par un départ grandiose, Venise, le lac de Garde, parfois le Tyrol si le couple est du genre écolo...

— Oh! dit Tania, comme s'il avait proféré un gros mot.

— Je retire écolo, dit Christian en riant. Mais enfin, après, ils reviennent. D'abord c'est l'amour, la nouveauté, on joue un rôle de femme fatale ou de victime, et puis, on se lasse de ces cuisines locales, il fait trop chaud, trop froid, pas de distractions, pas un dentiste convenable... On revient, crois-moi, on revient.

— On revient?... murmura Tania avec appréhension.

Parce que, divorcé ou pas, elle ne souhaitait pas le moins du monde que Gérald revît Evelyne.

— ... on revient, même si on est au Japon?

M. Heller rit encore. La naïveté de Tania le touchait. Les femmes!

Avec la prospérité, il avait pris du ventre, les boutons de son gilet se tendirent.

— Au Japon! Mais personne ne va au Japon! A moins d'être dans les textiles... Ils sont probablement dans le Midi, dans une villa mauresque, pas trop loin d'une grande surface. S'ils sont vraiment originaux, en Camargue! Ou du côté de Grasse, lançant un commerce d'œillets ou d'huile d'olive. Si ton bonhomme ne les a pas retrouvés, crois-moi, c'est qu'il ne voulait pas les retrouver !

Ça, c'était plutôt réconfortant. Entre le rire et les larmes, Tania ressemblait à un pékinois plus tout jeune. Christian la trouvait ravissante. Si elle n'avait pas été vendeuse chez lui... même ex-vendeuse... Il y avait aussi le fait qu'elle était une amie de Siggi. Une amie, ou l'amie ? Supposez qu'il voulût l'épouser ?... Ah ça ! non. D'un côté, lui et Simone, cela les eût tranquillisés, mais d'un autre... Une ex-vendeuse ! Et la maîtresse de Gérald !... Mieux valait encore l'amitié – peut-être innocente – du propriétaire de la Pagode.

— Remarque, reprit-il avec prudence, qu'il ne te dit pas tout, ni à Julia. Il sait peut-être où elle est.

Tania ouvrit tout grands ses beaux yeux sombres, pailletés d'or.

— Pourquoi est-ce qu'il ne me l'aurait pas dit ?

— Pour ne pas t'épouser, ma chérie, dit Christian en soupirant.

Il voyait la tristesse subite, l'étonnement aussi, de Tania. Elle se demandait sûrement pourquoi Gérald... Et lui, Christian, n'osait pas lui dire ce qui était à penser depuis toutes ces années : l'argent. Eh oui, l'argent ! Elle n'y pensait pas, bien sûr. Elle n'était pas intéressée, et elle s'était habituée à ne pas penser à l'argent, à ne pas en tenir compte, à l'oublier. Elle était venue s'installer place Stéphanie bien avant le mariage de Julia. Pour lui tenir compagnie, disait Gérald. Alors, à quoi bon continuer à payer l'électricité, le gaz, le téléphone, du petit studio sombre, d'autant plus que, en prévision d'hypothétiques inondations, on faisait des travaux extrêmement bruyants. Elle aurait même renoncé à son bail. Mais « le patron » le lui avait déconseillé. Un jour, il aurait peut-être besoin de ce petit studio pour Siggi, avait-il charitablement prétendu. Elle l'avait gardé. Pour lui faire plaisir. Pourquoi pas ? Mais elle n'imaginait pas sa vie ailleurs que place Stéphanie, où il n'y avait ni loyer, ni gaz, ni électricité, ni chauffage à payer, et où une excellente cuisinière la considérait comme la maîtresse de maison : « Madame déjeune, aujourd'hui ? » Non, elle ne voyait pas sa vie ailleurs, ou alors dans un endroit similaire.

Symboliquement, Tania achetait un gâteau le dimanche, et payait son coiffeur de sa poche. Le shopping avec Julia, dans les périodes de générosité de celle-ci, pourvoyait au reste. L'argent. Elle était là, lovée dans la maison de Gérald, dans l'argent de Gérald, dans l'amitié fluctuante de Julia. Et la preuve (pensait Christian avec attendrissement) qu'elle n'était pas intéressée, c'est qu'elle ne s'était jamais préoccupée du temps qui passait, de l'âge qu'elle avait... Un petit peu, au moment où s'était révélée la beauté de Julia, au moment du mariage de Julia, et tout à coup, au moment de ce soupir, de cette subite mélancolie de Christian révélée en même temps qu'une affection qu'elle ignorait. Ce jour-là, où elle découvrait, en même temps, le sentiment tendre et triste que Christian lui portait, elle se mit à réfléchir. Oh, réfléchir! Le mot est peut-être un peu fort. Mais elle était en train de changer. De changer à la manière d'un daltonien qui se met à voir les couleurs. «Epouse-le! Mais épouse-le donc!» disait Christian, disait (parfois) Julia. L'un et l'autre soupçonnaient que Gérald, un jour peut-être, se lasserait. Et Tania haussait les épaules, pensait à Alex, un avocat de Namur qui l'emmenait à l'opéra, à Jacques qui faisait des conférences très suivies sur la peinture contemporaine et tenait tant à sa présence, à Paulo qui avait des parts dans les grands magasins GB et lui offrait des bons de réduction... Elle se voyait ainsi entourée d'une douzaine de soupirants parmi lesquels il lui semblait que, si elle l'avait voulu, elle n'avait qu'à choisir.

Et tout à coup, la couleur changeait. Soupirants, certes... mais, dans cet empressement chez ces garçons, ces hommes (certains mariés), il lui semblait percevoir maintenant une sorte de mépris – non! c'est trop. Les nuances, les nuances! –, une désinvolture, voilà!, qui ne s'adressait qu'à elle et jamais à Julia. Tenez, Gérald allait assez souvent dîner chez des amis, enfin : des gens, sans elle. Il appelait ça des dîners d'affaires. Mais, tout de même, il y a des agents immobiliers mariés. Est-ce que Fred va dîner chez des clients potentiels sans Julia ? C'est la première fois que Tania se pose cette question. C'est la première fois qu'elle sent chez Christian cette tristesse, ce sentiment d'un regret, d'un dommage qui lui est fait à elle, qu'il la regarde comme un bel objet endommagé... N'y touchez pas, il est... brisé ?... fêlé ?... Il y a un poème là-dessus. Elle l'a appris à l'école, il y a des siècles. Mais jamais, depuis son entrée au magasin Les Petits Princes, elle n'a pensé à associer l'image de Christian, du « patron », avec un poème. Peut-être aurait-elle pu... C'était trop tard pour y penser ! Mais cette tristesse. Qu'elle soit la maîtresse de Gérald, passe encore ! devait-il penser (comme Jacques, comme Alex, Paulo, Georges, qui sait ?), mais qu'elle vive chez lui, qu'elle vive à ses dépens, et cela Julia étant mariée, le pâle alibi de la gouvernante-dame-de-compagnie-chaperon (tout ce qu'on voudra) s'effaçant, cela faisait d'elle ce que l'on appelait autrefois une femme entretenue. Allons ! cela ne se dit plus, ne se pense plus, à notre époque ! N'empêche que, ni Jacques (divorcé deux fois), ni Paulo (célibataire endurci), ni les Georges, Pierre, Ivan, si empressés à lui faire connaître un nouveau film, un restaurant qui venait d'ouvrir, n'avaient jamais manifesté d'intentions passant le cap d'une soirée ou d'un week-end.

Seule Julia, avant Christian, avait tenté de lui faire sentir que Gérald représentait la seule issue à une vie plus désordonnée que perverse, et qui, sans cela, irait s'amenuisant. Mais elle, jusque-là, puisqu'il y avait Alex, Paulo et Georges et d'autres, de quoi allait-elle s'inquiéter ? Elle était jeune encore, elle plaisait, et elle avait cru longtemps que dans cette petite société qui l'entourait, elle n'avait qu'à faire son choix. Naïveté plus jeune que son visage. Que cette société ne comprît à peu près que des hommes ne l'avait pas frappée. Elle n'avait pas pensé non plus (et Christian aurait dit que c'était tout à son honneur, et peut-être aussi Julia) que, professions libérales ou industrielles, ces hommes – elle disait « ces garçons » – avaient à peu près l'âge de Gérald, vivaient à peu près sur le même pied : maison individuelle, voiture renouvelée tous les deux ans, femme de ménage ou homme à tout faire (au noir), ce qui impliquait qu'outre le sentiment qu'il ne tenait qu'à elle de les conquérir – si elle avait fait ce geste, c'eût été une leçon –, elle avait encore l'illusion que l'abandon de Gérald pour X ou pour Y accompli, elle n'aurait en somme qu'à changer d'adresse. Le mode de vie serait le même.

Et puis Christian : « Mais c'est pour ne pas t'épouser, ma chérie... »

C'était une pensée qui l'avait parfois traversée un instant, comme on s'imagine en proie à une grave maladie, victime d'un accident inattendu, ou confronté à la mort d'un être cher. C'est le temps d'un éclair : on a à peine le loisir de le mettre en mots. Mais aujourd'hui, la phrase de Christian... Son regard, surtout... Elle eut la même illumination que Julia quelques mois auparavant : le studio miteux, le manteau râpé, l'attente dans l'hôpital du quartier pour l'une de ces douleurs qui marquent les anniversaires, et, par-dessus tout, la solitude...

Que lui resterait-il, si Gérald ne lui restait pas ?

Agir ? Mais comment ?

Julia avait souhaité se marier à l'église. S'il y avait eu un moyen de se marier une troisième fois, elle l'aurait fait. La sécurité. Fred. Ce qu'elle aurait vraiment voulu, ç'aurait été de rester place Stéphanie, d'y habiter, tout en sachant que Fred travaillait dans l'immeuble, qu'elle pourrait lui téléphoner à toute heure pour lui demander de monter – ou elle-même descendre jusqu'à l'agence –, l'apercevoir à travers la porte vitrée du vestibule : une présence sous les photographies aux couleurs gaies des villas, des appartements à terrasse, des salons garnis de plantes vertes.

Ce qu'elle aurait vraiment espéré, ç'aurait été que Fred, ou Gérald, se décide à prendre un, ou une, aide qui aurait fait visiter les logements grands et petits, somptueux ou minables, quitte à ce que, ensuite, le client potentiel en discutât le prix avec Fred à l'agence... au rez-de-chaussée de la place Stéphanie... tout près d'elle... à portée de voix pour ainsi dire, sans s'éloigner jamais. Elle ne l'aurait pas dérangé, ne serait pas intervenue, elle aurait su, simplement *SU*, qu'il était là. A défaut d'Evelyne.

Ce qu'elle aurait vraiment espéré, ce n'était pas déménager. Le voir partir presque tous les jours dans sa petite voiture rouge (rouge! déjà ça!), parfois ne pas même revenir déjeuner si l'agence avait des affaires – pas beaucoup, mais enfin quelques-unes – à la campagne ou au bord de la mer. Naturellement, Fred restait déjeuner là où il se trouvait, souvent avec le client, ça mettait du liant, facilitait la transaction, et puis il avait droit à des notes de frais : ce serait bête de ne jamais en profiter! Elle était déçue, non pas de Fred, qui était Fred, elle n'y pensait jamais, mais de cette vie si vide, où l'angoisse se réinstallait.

Elle se raccrochait à Tania, à des amies de pension mariées comme elle avec l'ennui. Elle se serait raccrochée à Gérald s'il l'avait voulu, mais l'avantage qu'il avait surtout vu à ce mariage était de se sentir libéré de ses responsabilités vis-à-vis de sa fille, il n'allait donc pas se la « remettre sur les bras » pour employer son expression, alors que Fred avait bien voulu s'en charger ! Une fois par mois il invitait le couple au restaurant, et s'il avait envie de voir Fred, il n'en avait que trop l'occasion à l'agence.

Là-dessus, ils déménagèrent deux fois, attendant pour acheter des meubles d'être sûrs de garder l'appartement que Fred continuait à faire visiter, dans le doute. Ils habitèrent derrière le palais de justice où Julia allait s'asseoir quand elle était seule, comme on va dans un square ; la hauteur exceptionnelle de la salle des pas perdus l'apaisait, lui semblait-il. Ensuite elle demeura plus de six mois en face de l'église Notre-Dame-de-la-Chapelle, quartier populaire moins élégant de beaucoup que la place Stéphanie. Et l'appartement était spacieux, clair, mais situé au-dessus de la vitrine d'un matelassier, et là, quand elle était seule, elle pleurait. Les matelas entassés dans la vitrine sous ses fenêtres la hantaient comme un symbole de déchéance sociale. Les hauts murs de pierre de l'église juste en face ne la consolaient pas. Il y avait des arbres, pourtant, dans une miniature d'espace vert, et des baptêmes, des mariages, qui se célébraient assez bruyamment parfois, mais elle ne voyait que les enterrements. Comme elle ne voyait que les jours de pluie trop nombreux évidemment – on n'était pas en Italie – mais certains jours de soleil, devant un gros homme étalé sur un banc, une boîte de bière à la main, qui profitait de ce

41

rare soleil par tous les pores : on voyait ça, il avait un air béat particulièrement odieux, alors elle fermait ses volets et restait dans le noir. Elle pensait à sa mère, morte certainement, et elle ne savait même pas où elle pouvait être enterrée.

L'image de la petite valise bleue qu'Evelyne avait emportée – une bien petite valise, d'ailleurs, peut-être pensait-elle revenir, et Gérald l'en avait-il empêchée ? – s'emparait de son esprit. Et la voix, la voix de sa mère disant :

— Tu n'as pas vu mon écharpe bleue en laine, ma chérie ?

et elle – on est si bête à sept ans – elle n'avait pas compris, elle avait retrouvé l'écharpe. Elle avait toujours été très forte pour retrouver les choses : les lunettes de sa grand-mère, les clefs de Gérald, et tout ce que Tania égarait (c'est-à-dire *tout*). Alors elle avait retrouvé l'écharpe. Comment savoir qu'Evelyne qui la roulait autour de son cou en dégageant ses cheveux mal coiffés, prenait la valise, ne l'embrassait pas, ne disait pas : « Je reviendrai dimanche », ou « à tout à l'heure » – remarquez, si elle avait dit ça : « à tout à l'heure », il n'y aurait pas eu de raison d'emporter une valise –, qu'Evelyne n'allait pas revenir, pas du tout ? Je n'aurais pas dû lui donner l'écharpe...

Elle retournait vertigineusement en arrière mais comment croire que sa mère aurait changé d'avis et de projet pour une écharpe qui lui aurait manqué ? Qui sait pourtant ?... N'était-ce pas à cause d'une angoisse, d'un retard du garçon qu'elle attendait, que Julia s'était jetée inconsidérément dans les bras de Fred qu'elle n'aimait pas ? Après, tout s'était enchaîné. Comme pour Evelyne, sans doute... Peut-être avait-elle vraiment pensé revenir, une si petite valise !... s'absenter seulement un week-end pour prouver son indépendance, et puis... A-t-elle rejoint une voiture, pris le bus ? L'enfant n'avait pas pensé à la suivre du regard : c'est quand on est inquiet qu'on se penche à la fenêtre, qu'on regarde la silhouette élancée qui s'éloigne. Et si elle s'était noyée ? Plus loin, là où l'Escaut est plus large, moins vaseux... mais on aurait retrouvé le corps, on se serait habillés tout en noir, il y aurait eu une messe, avec plein de bougies, de chants. Après, on est soulagé. En passant devant la boulangerie on achète une brioche, un craquelin. En rentrant, on dîne dans la salle à manger où demeure l'odeur des couronnes, des bouquets ; on mange tristement mais enfin, on mange. Julia rêvait d'apprendre, d'une façon ou d'une autre, la mort de sa mère. Est-ce que, quinze ans, vingt ans après sa mort, on a encore droit à une cérémonie ? Si Evelyne était morte, tout de même, Gérald le saurait ! Le lui dirait-il ? Le dirait-il, même, à Tania ?

Elle se souvenait, chez cet homme terne, de la brutalité soudaine – et ironique, sans doute –

avec laquelle il lui avait répondu : « Au Japon ! Je te dis une fois pour toutes qu'elle est au Japon ». Il avait ajouté quelque chose sur les timbres, elle ne se souvenait pas bien... mais c'était *méchant* ! – bien qu'elle y eût un peu cru, pas longtemps. Etait-ce là un homme dont on pouvait attendre du secours ? Ce qui prouve qu'il y avait en Julia un fond de noblesse, c'est que sa déception ne l'aigrissait pas contre Fred. Fred, bon, c'était un homme comme un autre, meilleur que certains (son père), sûrement pas pire que la moyenne ; elle se disait « la moyenne », elle se l'était toujours dit. Qu'elle eût, à vingt ans, épousé un homme dont elle pensait cela – et sans méchanceté, avec naturel – était le fait d'une âme désespérée. Mais elle ne s'en était pas rendu compte, pas tout de suite. Comme le malheureux Vivaldi était devenu l'emblème de l'écœurement que lui causait Gérald, la vitrine du matelassier, qu'elle ne voyait pas de ses fenêtres mais devant laquelle elle était contrainte de passer chaque fois qu'elle sortait, lui représentait l'échec de ce mariage inconsidéré.

Bref, la déprime.

Là-dessus, Fred, moins aveugle qu'il n'y paraissait, lui annonça qu'on redéménageait. Et pour un quartier délicieux : les étangs d'Ixelles. On pouvait se rendre place Stéphanie à pied...

44

Fred n'était pas devenu assez lucide pour s'apercevoir que, si sa femme avait souhaité vivre avec lui place Stéphanie, elle n'avait aucune envie d'y aller, comme en visite, pour voir son père. Si Tania désirait la voir, elle se dérangerait. Julia se mit à commander des meubles. Tout à coup, elle ne voulait plus rien qui vînt de chez Gérald, et le père de Fred avançait une belle somme. Bien que l'immeuble où elle allait vivre fût très laid – il n'avait que trois étages ; elle était au premier, mais disposait aussi de l'entresol ; avec une belle vue depuis la chambre, très grande, un peu vide puisqu'elle avait laissé bibelots, livres sans intérêt, gravures chez son père –, elle était au moins débarrassée du matelassier. Il y avait deux salons : Fred le lui fit observer avec fierté. L'un, devant, sur les étangs ; l'autre, plus étroit, qui tenait toute la longueur de la maison, dont elle pourrait faire une sorte de boudoir. La cuisine était équipée, moderne à vous aveugler, du verre et de l'aluminium partout. La salle de bains, grande, étincelait ; la douche, dans une cage en verre, à part, était tellement brillante, avait tellement l'air d'être encore dans une vitrine, que Julia, du coup, se douchait avant le bain où elle restait des heures, un livre à la main qu'elle ne lisait qu'à moitié.

Pendant quelques semaines, cela suffit à la distraire. De quoi ? De l'arrivée, du début de l'installation, quand – voulant faire poser par les déménageurs une coiffeuse dans le prétendu boudoir – elle avait, à travers les vitres fraîchement posées, aperçu, à quatre ou cinq mètres à peine, la façade sud de la « Pagode ».

Tania venait lui rendre visite. Elle avait ce côté un peu animal, Tania, d'être attachée aux objets, aux lieux, aux proches aussi, de ceux qu'elle fréquentait. Elle s'était attachée à Julia malgré les fluctuations d'humeur de celle-ci dont Tania, du reste, ne s'apercevait pas toujours. La jupe disgracieuse que Julia lui conseillait, la toque qui la vieillissait de dix ans, elle les portait sans complexes. Julia la détestait à ces moments-là, elle et son deuxième lifting, qui n'avait rien arrangé (mais Gérald l'avait financé sans protestations parce que l'idée qu'elle souffrait pour lui plaire le flattait), et son horrible parfum qui semblait destiné à masquer une odeur corporelle bizarre... Et puis, d'autres fois, elles allaient ensemble au cinéma, essayaient un nouveau restaurant, faisaient du shopping, et riaient de futilités. Un de ces jours-là, Julia avait confié à l'autre, à elle seule, que Fred – que tout le monde sur la foi de son diminutif croyait s'appeler Frédéric – se nommait en réalité, secret de famille, Alfred. Alors elles se moquaient un peu de lui en l'appelant Alfred. Personne n'aurait pu deviner.

Tania savait, pour le Japon.

Peut-être croyait-elle davantage au Japon que Julia adulte. Enfant, évidemment... De la pension où Gérald l'avait reléguée, elle s'était construit un Japon à elle à l'aide de la vitrine de M. Vernet, le brocanteur, d'une poupée – samouraï – que possédait Claudine, l'amie de pension (Mais non! ce n'est pas un samouraï, c'est un guerrier du Moyen Age, disait Claudine qui avait ses fantasmes à elle. Un samouraï japonais du Moyen Age, s'obstinait Julia), d'une exposition de kimonos à Bruxelles qu'elle avait visitée avec sa classe sans en parler à son père. Elle évitait toujours, pendant ses années d'adolescence, de prononcer devant son père le mot « Japon ».

Avait-il menti? Ou tout simplement oublié... Comme il avait peut-être oublié – ne le mentionnant jamais – le doux prénom d'Evelyne, prénom effiloché comme une gerbe de cheveux défaits. Comme il avait, pendant des années, oublié qu'il avait une fille, une fille qui passait des étés monotones dans diverses colonies de vacances, et qui se limitait dans son esprit à des bulletins mensuels, à une jupe plissée sous un pull marine – régulièrement trop grand ou trop petit : les sœurs l'habillaient au jugé, à l'arrivée du chèque... – et un béret dit « de sortie » dissimulant les cheveux noirs, si noirs, et qui empêchait (le béret) de se demander d'où ils venaient, ces cheveux sombres. Ces cheveux sombres qui ont peut-être inspiré à Gérald l'affabulation du Japon ? Lui, Gérald, châtain clair, une teinte qui devient pisseuse vers la quarantième année ; elle, Evelyne, une vraie blonde avec un reflet fauve : rien qui expliquât ce noir, coupable aux yeux du père. Presque une pièce à conviction de l'inconduite d'Evelyne. Quoi, depuis si longtemps ? Julia avait tout de même sept ans quand sa mère est partie... Et puis il y avait la grand-mère, la détestable grand-mère, « vieille guenon » disait Gérald qui tenait la tricoteuse aux cheveux blancs (il y avait, dans l'album oublié, des photos : jeune, Aline avait été brune, mais pas brune à ce point !) pour responsable de tout, des cheveux de Julia comme du départ d'Evelyne et des péripéties gardées secrètes qui avaient suivi ce départ.

Le 9 août 2005, on commémorera Hiroshima et Nagasaki. On en parle déjà. La première bombe, celle d'Hiroshima, il paraît qu'on l'avait appelée *Little Boy*. Les catastrophes naturelles, ouragan, typhon, on leur donnait aussi des noms attrayants : *Wilma, Rita*. Depuis quelque temps, ce sont parfois des noms d'hommes. Est-ce pour indiquer que parfois c'est bien l'homme, l'être humain, qui est à l'origine de ces horreurs ? Et *Little Boy*, est-ce une allusion au projet de certains – je dis certains, Matsuo dit certains – militaires qui, en cas de débarquement américain, voulaient leur faire barrer le passage par des enfants ? Ils supposaient que les assaillants hésiteraient – non pas refuseraient, mais enfin, ce serait du temps gagné – de tirer sur des enfants.

Matsuo était un vieux monsieur fort digne, habillé à l'occidentale ou, plus justement, à l'anglaise. Il avait été fort ami de Bram van Stockel, estimant son œuvre, avait donné, à l'époque, quelques conseils pour la Pagode, et n'avait jamais révélé, pas même à Marc qui lui tenait lieu de filleul, son horreur devant les deux dragons de l'entrée. Marc avait disposé l'apéritif dans le jardin d'hiver, qui rappelait au vieux Japonais le souvenir de son ami. Et puis le « salon », ou ce qu'ils appelaient ainsi, donnant directement sur la chambre à coucher, Marc préférait éviter de choquer Matsuo par l'évidence de son mode de vie. Il avait suffi qu'il rencontrât deux ou trois fois Siggi, et il s'était montré très froid. Pour l'instant, installé dans le jardin d'hiver entre les plantes et quelques fleurs blanches encore fraîches malgré la chaleur, il faisait à Marc le plan d'un monument qu'il allait faire ériger en Touraine. L'attention que Marc lui portait, et que sa politesse naturelle augmentait encore, l'empêchait d'observer, par la longue croisée, Siggi qui revenait du marché, chargé comme un mulet et escorté par Julia qui souriait.

Il était naturel que Julia s'arrêtât devant la porte de la villa Marie-José, devenue depuis peu la résidence Marie-José. Naturel aussi qu'elle proposât à Siggi d'entrer un instant et de déposer dans l'entrée ses paniers débordant de biscottes, de confitures, de poivrons, de tomates et d'autres paquets de comestibles non identifiables. Naturel encore qu'embarrassée par le bouquet de lilas blancs qu'elle portait du bras gauche, et fouillant son sac, puis, malaisément, sa poche pour trouver sa clef, elle levât machinalement les yeux, se fiant plus à son instinct qu'à son regard occulté par les lilas, et cessât de sourire.

— Qui est donc chez vous, avec Marc ? demanda-t-elle, et son trouble ne lui permit pas de se rendre compte de l'indiscrétion de sa question.

En même temps, elle trouva sa clef, glissée dans la doublure de sa veste, et pénétra, suivie de Siggi et de ses paniers, dans l'entrée de la résidence.

— Un vieil ami de son oncle, qui est de passage à Bruxelles.

Et comme ils attendaient l'ascenseur :

— Un Japonais ? demanda-t-elle.

— Un vieux Japonais, dit Siggi sans beaucoup de respect.

Sans qu'il y parût, il s'était parfaitement rendu compte de la froideur calculée de Matsuo.

— Un vieux Japonais architecte. Je peux laisser mes paniers en bas ? Pas de risques ?

— Oh ! pas du tout, dit Julia.

Elle entra dans l'ascenseur. Elle n'avait eu aucune intention d'inviter Siggi, rencontré au joli marché, près des Etangs, à monter chez elle. Elle avait porté son bouquet de fleurs par pure complaisance, parce qu'il était si chargé, et qu'il était son voisin. Et puis ce visiteur... Ce Japon qui l'obsédait... Ils entrèrent.

Siggi regardait le boudoir, qu'il n'avait jamais vu que de sa longue baie de la Pagode. Il ne se doutait pas non plus qu'on y vît si bien le jardin d'hiver et Marc en conversation avec le vieillard. Comme par délicatesse, Julia tira le rideau, blanc, brodé de cupidons jetant des fleurs dans le vide. Un canapé, blanc aussi, dont Siggi se demanda s'il était en cuir authentique.

— Je vais mettre vos fleurs dans l'eau, dit Julia. C'est la fin déjà, pour les lilas. Il y en a quelques-uns de roussis.

— Les mauves étaient plus frais, mais Marc préfère les blancs.

— Voulez-vous un porto ? Un scotch ? demanda Julia avec une sorte de détresse. Elle voulait le retenir, le questionner, se débarrasser de l'obsession qui allait réapparaître, rien que d'avoir aperçu Marc et son visiteur inattendu.

Siggi trouvait sa voisine soudain bien aimable mais ne s'interrogeait pas. Il s'interrogeait rarement. Pour meubler la conversation, il repartit sur le Japonais qui avait paru intéresser Julia.

— Il est très vieux, dit-il avec l'ingénuité de ses vingt-trois ans. Tout jeune, il a vu la bombe atomique. Enfin, quand je dis vu... Il travaillait dans un petit jardin que sa famille avait, pas très loin de Nagasaki. Mais ce jour-là, sa famille était allée faire des courses, au marché peut-être... Enfin, ils sont tous morts, plus ou moins vite, à cause des radiations. Je crois que sa mère a tenu le coup plus longtemps que les autres. Jusque vers 55, 60...

Julia est toute pâle. Siggi ne lui croyait pas tant de cœur. On pense souvent cela des gens très riches, ou très beaux. Et, bien que de façon détachée, Siggi appréciait la beauté un peu sévère, si peu sensuelle, de Julia.

— Oh! Il a raconté, à propos de sa mère, quelque chose d'extraordinaire, à Marc, le vieux. La pauvre femme avait été si gravement brûlée que le motif de son kimono s'était incrusté dans sa peau. Des fleurs. On l'a enterrée comme ça. Avec ces fleurs-là.

Il trouvait ça triste, sans doute, mais pittoresque. Pas de quoi pleurer, c'est si vieux, ces histoires. Matsuo avait du reste raconté l'histoire, un jour, à Marc, sans trace de pathétique. Alors, pourquoi cette larme sur la joue de Julia ?

« Je n'aurais jamais dû raconter ça. » Il ne savait pas pourquoi, mais il se sentait gêné. Marc lui disait toujours qu'il bavardait trop. Sur la pointe des pieds, il alla reprendre ses fleurs dans la cuisine. Il murmura un au revoir, auquel Julia répondit, elle aussi, très bas.

Marc parut un peu surpris, ce soir-là, quand Siggi lui parla de l'invitation de Julia, de l'impression qu'il avait d'avoir fait une gaffe. On ne pouvait pas, à la voir, deviner qu'elle était aussi sensible.

— Qui ? dit Marc distraitement.

— Julia.

— Tu l'appelles Julia ?

Un grand silence, au milieu des fleurs blanches.

A une époque, les Heller avaient habité au-dessus du magasin, au coin de l'avenue Louise, non loin de l'église de la Trinité, qu'on avait reconstruite là, l'ayant désossée, numérotée et transportée depuis la rue Neuve où elle gênait. La rue s'appelait, je crois, rue du Bailli. Le magasin Les Petits Princes faisait le coin de cette rue et de l'avenue. C'était évidemment – encore que l'appartement fût un peu petit – plus commode que la gare du Luxembourg. Une location, et pas bon marché ! Alors – on pouvait dire, en gros, que c'était le même quartier – quand ils avaient hérité de la maison de la rue Montoyer, une maison, comme disait le notaire, unifamiliale, ils l'acceptèrent. Et, avec le bénéfice ainsi réalisé, ajoutèrent une section « adultes » à leur magasin consacré jusque-là aux enfants.

Ce déménagement déplut à Siggi, alors âgé d'une quinzaine d'années. Avenue Louise, on était près du bois de la Cambre où il faisait du vélo. Il y avait quelque part dans le bois, de l'autre côté du lac, une sorte de rond-point, sombre, avec des bancs où personne ou presque ne s'asseyait mais où l'on pouvait attacher une bicyclette en toute sécurité. Il errait parmi les arbres, sur les pelouses toujours humides, ne cueillait jamais de fleurs, ne saccageait rien, parfois traversant en canot le petit lac pour s'installer, avec un livre, sur la terrasse de l'auberge. A ses pieds, taillant les buis, étêtant les fleurs fanées, vêtu d'une salopette aussi bleue que ses yeux, Louis levait le regard vers lui de temps en temps, sans sourire.

Ces rencontres se reproduisirent plus d'une fois. Siggi, maintenant, regardait Louis, lui aussi grave. Parfois Louis n'était pas là. Un jour, il se redressa. Au fond, Siggi ne l'avait jamais vu que courbé, son sécateur à la main, et seul le regard s'élevait vers lui, comme un appel. Alors il vit que Louis était beau, pas très grand, mais admirablement proportionné, comme ces statues grecques archaïques si parfaites qu'on ne voudrait pas y ajouter un centimètre. Il parla. Il dit sans aucun préliminaire, sans embarras non plus :

— A partir de demain, je travaille à l'abbaye de la Cambre.

— J'irai, dit Siggi doucement, précautionneusement, comme ayant peur de casser quelque chose. Ce n'est pas plus loin, avec mon vélo.

— Ah! vous avez un vélo... alors, peut-être, un jeudi, un lundi... Je ne viens pas en ville, je m'occupe d'une jardinerie à Wavre, ces jours-là. C'est tranquille.

C'était tranquille. Le lundi, le jeudi, ils se virent dans la serre, dans le petit bois quand il faisait beau. Toutes ces fleurs, ces feuillages, cette moiteur embaumée, c'était un peu comme un rêve pour Siggi. Louis le quittait parfois un moment pour mettre en marche l'arroseuse automatique sur la pelouse ronde ; quand il y avait du soleil, les gouttelettes étincelantes couronnaient, un moment intactes, les cheveux blonds de Siggi, les cheveux châtains de Louis. Et quand il y avait du vent, les mêmes gouttelettes, frappant sur les parois de la serre où ils se réfugiaient, les enchantaient d'un bruit de cristal. Louis parlait peu. Ils s'embrassaient, se tenaient les mains, se taisaient.

La serre était longue, et, remontant à plus de cinquante ans, elle était constituée de panneaux de verre et de montants de métal passablement rouillés. La partie où sur un vieux banc de jardin Siggi et Louis se tenaient enlacés était entièrement plantée de géraniums rosat. Siggi n'eut que le temps de les voir, de les respirer en fleur, comme une émanation d'un amour que leur timidité et leur jeune âge les empêchaient de pousser plus loin. Ils ne le souhaitaient pas encore. Ils n'eurent pas, en plus, le temps de le souhaiter.

En face du banc, de l'autre côté de la serre, se dressaient des plants d'une cinquantaine de centimètres, d'un vert intense, qui ajoutaient encore à l'impression féerique de leurs rencontres. C'étaient des plants de cannabis, mais Siggi n'en savait rien jusqu'à ce que Louis lui en fît la révélation, d'un air d'importance qui transformait son visage parfait et inexpressif.

— Il est parti en livrer une partie à Amsterdam, dit-il.

— Il ?...

— Mon patron. Je suis en apprentissage. Mais il part souvent. Alors tout est à moi. La serre, le jardin, la maison... Il me les confie.

C'était une des phrases les plus longues que Louis eût jamais prononcées. On entendait au loin passer les voitures, mais les plantes, les petits fruitiers du jardin, avaient leur silence à eux. Les arroseuses qu'il déclenchait quand Siggi arrivait le soulignaient par leur chuchotement. Il faisait encore frais, mais le printemps s'annonçait. Encouragé par ce qui était presque une confidence, Siggi osa demander :

— Quel âge as-tu ?

— Dix-sept ans. Et toi ?

— Quinze.

Après, ils se turent un bon coup. A travers les vitres pas trop propres de la serre, Siggi voyait la maison – ou ce que Louis appelait ainsi –, un pavillon briques et meulières, avec un perron riquiqui, et même une marquise. Un étage. Une fenêtre ouverte, que le « patron » avait dû oublier de refermer par négligence. On entrevoyait vaguement une armoire à glace et, sur une chaise, de la literie défaite.

— Tu dors là ? finit par demander Siggi.

Il rougissait, il ne savait pas pourquoi. Il ne pensait à rien de précis, il ne désirait rien de précis, sinon ne pas quitter son ami. Contre le mur du pavillon, la bicyclette avait des airs penchés.

— Oui... dit Louis.

Le ton était un peu indécis.

— Et il est parti pour longtemps, le patron ?

— Huit jours...

— Je reste, dit Siggi.

Cette nuit-là, les Heller s'interrogèrent, s'inquiétèrent à partir de minuit. M. Heller soutenait à Simone que c'était une histoire de femme, le petit s'était endormi quelque part, quand il se

réveillerait il reviendrait... d'abord il avait son
vélo, cela prouvait bien qu'il avait l'intention...

Simone s'indignait. Une histoire de femme, à
quinze ans, tu rêves! Oh! moi, à quinze ans...
disait M. Heller – c'est tout juste s'il ne frisait
pas sa moustache.

Ils finirent par s'engueuler, mais au moment
du petit déjeuner l'élan retomba. Ils appelèrent
les hôpitaux, le lycée, les copains de Siggi... Ils
furent bien obligés d'avoir recours à la police.
C'est toujours embêtant d'avoir affaire à la
police : ce n'est pas si différent du fisc, et le fisc,
pour un commerçant, c'est toujours un petit
peu le diable! L'assistante sociale passa. La
Recherche dans l'intérêt des Familles téléphona :
ils allaient envoyer quelqu'un chercher une
photo du gamin. Ils disaient « le gamin » parce
que tout de même, c'était un mineur tout ce
qu'il y a de plus mineur.

Simone pleurait. Elle ne trouvait pas de
photo, sinon une seule, à douze ans, en communiant... ça ne pouvait pas aller : il avait tellement
grandi... Et le coursier s'énervait, on attendait la
photo pour faire des affichettes... Finalement,
M. Heller en trouva une, de photo, et toute
récente, dans son portefeuille. Simone s'arrêta
un moment de pleurer tant elle était surprise.
Elle ne savait pas son mari si attaché à un Siggi
de quinze ans. Bébé, oui, avec ses boucles
blondes, et si rieur! Mais aujourd'hui... Et pour-

tant la photo datait d'à peine six mois, le jour où M. Heller avait offert au garçon sa bicyclette avec changement de vitesse et compteur kilométrique. Le cliché était pris devant la vitrine du magasin Les Petits Princes. Heller ne l'avait jamais montré à sa femme. Elle se demanda pourquoi. Ça contribua à la distraire un moment. Mais le temps s'écoulait, et pas de Siggi. Elle passait du désespoir sans phrases à, brusquement, des pensées absurdes, comme : « Et dire que j'avais un demi-lapin dans le congélateur !... lui qui aime tant le lapin aux pruneaux ! »

Louis disait à Siggi :

— Si tu entends la cloche du jardin, il faut te cacher, parce qu'il y a des clients qui viennent chercher des commandes.

A l'idée de perdre sa place, il pâlissait. Siggi commençait déjà à trouver cela un peu mesquin, quand il y eut une descente de police. Rien à voir avec lui, le commissaire du quartier croyait à une fugue : il avait vu un tas de garçons, et de très bonne famille, qui fichaient le camp pour des idées folles, s'embarquaient sur un cargo au Havre pour suivre une tournée théâtrale... Et puis peut-être qu'il se droguait et squattait un immeuble. On ne peut pas fouiller toute la Belgique, madame !

Se droguer !!! Siggi ! Simone faillit s'évanouir.

Le cannabis pourtant épargna d'autres soucis à Simone. Car, au bout de huit jours, la descente de police eut lieu. Le patron de Louis était toujours à Amsterdam, ce qui, peut-être, avait attiré l'attention (ou alors, le très beau coupé Mercedes qu'il avait acheté avant son départ, et qui avait fait jaser les voisins : ce n'était pas la vente des géraniums rosat qui payait une voiture pareille !). Et l'attention, pourtant molle, des deux gendarmes fut attirée par le vélo de Siggi, d'où – après longue cogitation – l'idée que le garçon recherché se cachait peut-être là... La cabane à outils ? Les cabinets, un peu abandonnés depuis que le pavillon s'était enrichi d'une salle de bains mais qu'on n'avait pas démolis, on ne sait jamais, seulement camouflés d'une espèce de capucine grimpante.

Par bonheur, Siggi était dans la serre, il lisait sur le banc devant les géraniums, et en face du cannabis verdoyant ce qui rendit vraisemblable l'accusation (soutenue par Louis, livide) qu'il était là en client, et de passage. On le ramena chez lui sans faire trop d'histoires. « Mais, madame, il n'est pas le seul ! Et puis, tout de même, c'est une drogue douce... » « L'apprenti » – autrement dit Louis – ne fut pas inquiété. Le patron paya une amende et repiqua les cannabis arrachés dans une serre située plus loin. L'assistante sociale, jolie femme très douce, vint deux ou trois fois sermonner Siggi. Il y eut pendant quelques semaines encore des affichettes un peu partout dans le quartier. Siggi les arrachait avec rage. M. Heller se taisait. Cette histoire de cannabis le turlupinait. Simone suppliait son fils, en se tordant les mains, de ne plus jamais, jamais... Dès qu'elle le voyait une banale cigarette aux lèvres, elle éclatait en sanglots. Puis ça se tassa. Beaucoup de bruit pour rien...

Mais le sentiment de féerie qui avait soulevé Siggi au-dessus de lui-même et qui avait transformé le bois de la Cambre, le lac, la serre, et jusqu'à l'affreux pavillon où il avait dormi avec Louis, dans le lit étroit, jamais refait, de Louis, s'était brisé.

La peur de perdre sa place, de mécontenter « le patron », de devoir, peut-être, témoigner au poste de police, enfin la peur de tout sauf celle de perdre Siggi qui venait loin derrière... si encore elle l'habitait, cette peur-là... dès que les gendarmes avaient paru il n'avait plus osé lever les yeux sur son ami. La peur défigurait Louis, comme un animal traqué. En vain Siggi essayait-il de lui trouver des raisons, des excuses : sa famille, qui n'était pas riche... sa jeunesse (Siggi se considérait comme beaucoup plus vieux), et puis, jardinier, quoi!... – et même apprenti jardinier –, c'est normal qu'il ait peur de la police. Ils étaient bien tombés, et l'histoire du cannabis avait occulté le reste. Mais il y avait des policiers qui étaient moins arrangeants. Enfin, ils étaient mineurs tous les deux, ça n'aurait pas été bien loin. Mais c'était cassé. Le charme extraordinaire de se retrouver comme ça, dans des endroits perdus, où personne ne les savait, ne pourrait les retrouver, ne se renouvellerait pas. Il ne se servait presque plus de son vélo.

Il passa ses examens de comptabilité sans rechigner. Il avait toujours été fort en maths, en algèbre, dans tout ce qui était abstrait. Il n'allait plus au bois de la Cambre. Parfois il regardait la télévision avec ses parents. Parfois il pensait que Louis n'avait pas connu son adresse, peut-être même pas son nom de famille. Lui, au moins, il savait : Wavre, le pavillon. Mais c'était déjà comme un rêve à moitié effacé. Décoloré. Il lui en restait une fatigue, comme justement après les rêves qui vous ont empêché de dormir profondément.

Il allait se promener aux étangs d'Ixelles. Il n'aimait plus les plantes, mais il aimait l'eau. Aux heures où il y avait peu de monde, la tristesse de cette eau un peu stagnante, les petits vieux sur les bancs, certains avec un tabouret qui pêchaient – un prétexte, d'ailleurs c'était peut-être défendu, mais on laissait faire, il fallait bien qu'ils pensent, ces petits vieux, à autre chose qu'à la mort toute proche – il n'y avait qu'à tendre la main pour la toucher. Alors, un petit poisson frétillant qu'on attrape et qui s'échappe, ça changeait les idées.

Il n'allait jamais jusqu'à l'abbaye qui se dresse après une pelouse, au bout des étangs. Trop loin. Dès qu'il s'en approchait, il ressentait cette étrange fatigue, qui n'était pas même un souvenir. Il devenait un peu morbide. « C'est la croissance », disait Simone pour se rassurer. Il ne grandissait plus, il avait dix-neuf ans. Un jour, au cours de cette morne promenade (il suivait toujours le côté droit des étangs et, à proximité de l'abbaye, revenait sur ses pas), il eut envie d'un livre dont on lui avait parlé sur le cinéma italien, et se souvint d'une librairie aperçue de l'autre côté de l'eau. Alors, au lieu de retourner sur ses pas en vue de l'abbaye, il traversa, prit la rive opposée, cherchant vaguement la librairie qu'il ne situait plus... il avait cru la voir, pourtant, entre les arbres... et se trouva devant la Pagode. Les dragons du portail semblaient lui faire d'affreuses grimaces. Il éclata de rire.

— Mais tu n'étais pas née quand cette femme est morte ! disait Tania, consternée.

Julia pleurait. Sans bruit aucun ; les larmes coulaient sur son visage régulier, sans l'altérer.

— Et moi, dès que je verse une larme, on croirait que j'ai un gros rhume !

— Je sais bien. Mais j'ai l'impression que c'est un signe ; une intuition, si tu veux. Elle est

peut-être morte. Et personne ne m'a rien dit!
C'est ma faute, aussi. Je n'ai pas voulu savoir.

— Pourquoi serait-elle morte? Ta mère doit
avoir aujourd'hui, voyons, la soixantaine. A peu
près. Ce n'est pas vieux, à notre époque.

A notre époque. C'est bien Tania, ces phrases-
là. Et le cancer, et le parkinson, et même la tuberculose qui, dit-on, réapparaît.

— Et si elle est malade, quelque part? Toute
seule?

— Où? Au Japon? Tu sais bien qu'il a dû
inventer cela.

— Il n'a pas d'imagination, dit Julia avec
mépris.

Il n'avait pas cherché, lui non plus. Le seul
point commun qu'ils avaient : ils avaient voulu
oublier. Gérald, son geste le plus énergique avait
été de déménager. Le transfert du mobilier, des
livres, des vêtements, avait été fait par une
entreprise. Saint-Amand-sur-Escaut, les joncs,
la brume, la tombe de Verhaeren, ont disparu à
jamais. Ils n'y sont jamais retournés. Ils n'en ont
plus jamais parlé. Saint-Amand fait partie du
Japon, maintenant.

Mais le Japon, sur lequel elle a longtemps
rêvé, se procurant dans les agences de voyages
livres et brochures, la Fête des cerisiers, la Cité
interdite, les lotus, les kimonos, se transforme;
la mère morte, les cendres, les enfants morts ou
abandonnés, les visages ravagés, la bouche
ouverte pour un cri muet...

— On va commémorer tout ça dans quelques années, dit Tania sans beaucoup de tact. Et tu vois que ce vieux monsieur s'en est très bien remis.

S'en est très bien remis. Qu'est-ce qu'elle en sait, Tania ? D'abord, ce « vieux monsieur » a eu près de cinquante ans pour s'en remettre. Et qui dit qu'il s'en est remis ? Il devait avoir, quoi, entre dix et quinze ans, quand il a perdu sa famille. Est-ce qu'on se remet de cela ? Est-ce qu'il s'est marié, a eu des enfants ? Non. « C'est un vieux célibataire comme l'oncle », avait dit Siggi entre autres choses. Moi non plus je n'ai pas d'enfants. C'est tout juste si je suis mariée. Cinquante ans, vingt ans, il y a des gens qui ne se consolent pas. Il y a des moments moins mauvais, c'est vrai. C'est Siggi avec son Japon qui a rouvert la plaie, le sang coulait à nouveau, cette grande belle fille qu'on admirait redevenait une enfant abandonnée. Maman.

Comment avait-il dit, Siggi, en parlant de la mère du vieil architecte ? « Elle a tenu le coup » jusqu'en 55, 60. Tenu le coup. Il y a sûrement, en japonais, une expression moins vulgaire. Evelyne avait-elle « tenu le coup » ? Julia est toujours en larmes, et c'est ridicule puisque, comme dit Tania, à cette époque-là elle n'était même pas née, et sa mère elle-même était encore tout enfant, ici, à l'abri, dans la campagne flamande ; elle imagine malgré tout sa mère au milieu de ces morts, de cette catastrophe. Elle s'imagine elle-même cherchant, dans cette apocalypse, les longs cheveux blonds, le pâle visage, elle réentend les dernières paroles : « Ma chérie, tu ne sais pas où j'ai mis mon écharpe bleue ? »

Par contagion, Tania s'était mise à pleurer aussi. Elle pleurait facilement, du reste, et suivait le rythme du souffle de Julia comme on hoche la tête, machinalement, au concert. Enfin elle se reprit, elle avait un peu faim. Elle avait apporté des frangipanes et des tartes au citron. Puisque c'était l'heure du thé ! On n'allait pas passer l'après-midi à pleurer, tout de même. Elle prit sur elle d'allumer le gaz, de vérifier la bouilloire.

— Allons, Julia. Fais un effort. Tu sais, tu devrais faire une analyse.

— Mais j'ai essayé ! s'indigna Julia.

Elle perdit un peu de sa dignité tragique en se mouchant à plusieurs reprises.

— Il a dit... (Là, la colère, l'humiliation, l'emportèrent sur sa réserve habituelle et elle sanglota.) Il a dit que... que j'avais beaucoup trop attendu pour faire mon deuil, que maintenant c'était bien tard, mais qu'il fallait que je me persuade absolument qu'elle était morte. Morte ! Tu te rends compte !

Et s'abandonnant à une brève fureur, elle saisit un cendrier sur la table et le jeta par terre. Tania ébouillantait la théière.

— Tu vas te couper. Mange donc quelque chose.

Et revenant à l'indignation de son amie, elle vint doucement l'embrasser et, sans insister :

— Ce n'est pas complètement impossible, tu sais.

— Quoi ?

— Qu'elle soit morte.

— Non ! non ! dit Julia. (Elle donnait des coups de pied dans les morceaux du cendrier.) Elle a à peine plus de soixante ans, voyons ! Et la mère, tu sais, la mère du vieux monsieur, elle a vécu encore plus de dix ans. Une femme qui avait été irradiée !

— Julia, dit Tania avec une fermeté inaccoutumée, tu ne sais même pas si ta mère est jamais allée au Japon. M. Heller est sûr que non.

— Si elle n'y est pas allée, c'est que mon père m'a menti. Il doit savoir.

— Peut-être qu'il est comme toi, qu'il essaie d'oublier.

Elles se turent un moment, près de retrouver leur hostilité ancienne.

— Je n'oublie pas, dit enfin Julia, plus calme. Je n'oublie pas un instant. Je sais ce que tu vas dire : j'aurais pu consulter un avocat, ou me rendre à l'état civil, ils doivent le savoir, là-bas, si quelqu'un est vivant ou mort. Remarque, si c'est dans un pays lointain, il doit falloir faire des recherches...

— Tu aurais pu commencer par là, dit Tania que cette éternelle conversation agaçait (sans compter qu'elle la faisait réfléchir à l'inertie de Gérald).

— J'avais peur, dit Julia. J'avais peur de savoir. Je suis lâche, lâche ! Je me méprise. Personne n'a rien fait d'ailleurs. Ni toi, ni mon père, ni sa propre mère.

— Ils ont cru bien faire, dit Tania mollement. Après tant d'années, elle ne va pas revenir. (Mon Dieu, non, qu'elle ne revienne pas ! A force d'en parler, elle avait fini par croire à l'existence d'Evelyne.) Qu'elle soit morte, tu sais, ce serait encore la meilleure solution.

— Pour toi, certainement !

Julia s'était levée, rougissant de colère, et Tania, stupéfaite, une tartelette au citron à moitié engagée dans sa petite bouche, la regardait. Il y eut de nouveau un silence. Puis Julia se rassit, et tout à coup, comme inspirée :

— Est-ce que ça existe encore, un détective privé ?

Tania faillit s'étouffer avec sa tartelette.

La fugue. C'est à quoi on pensait tout d'abord quand un enfant disparaissait, du moins avant ces histoires de pédophilie qui avaient sidéré tout le monde. C'est ce que le commissaire du quartier – un ami – avait dit à M. Heller au moment de la disparition de Siggi : une fugue... c'était l'âge...

On n'avait jamais su où, exactement, il était allé, mais on les avait retrouvés, lui et son vélo, dans une jardinerie de Wavre où il tentait d'acheter du cannabis. C'était du moins l'interprétation du commissaire, et les Heller l'avaient acceptée. Seule, Simone, parfois saisie d'une humeur tracassière, harcelait le garçon :

— Mais où ? Mais où étais-tu ?

Naturellement, il refusait de répondre. Elle renonçait pour un temps. Après tout, depuis cette alerte, il n'y avait rien eu à lui reprocher. M. Heller, avec une compréhension que Siggi n'attendait pas de lui (il l'appelait, en son for intérieur, « le marchand de chaussettes »), lui avait trouvé un emploi de comptable dans une faïencerie à mi-temps, une fois que le garçon avait eu son diplôme. Il avait senti que Siggi n'en ferait pas plus et qu'il lui fallait un espace libre, comme, pour dormir, une fenêtre ouverte. Il n'arrivait pas à le lui dire. Tout ce qu'il faisait pour Siggi, le garçon le prenait comme un fait du hasard, un cadeau de l'invisible. Invisible père, invisible amour. Contrairement à ce qui advient parfois, Christian aimait en Siggi ce qui ne venait pas de lui ; ni, bien entendu, de Simone. Cet enfant qu'on lui avait mis dans les bras, après l'inexplicable accident de Saint-Sevran. La voiture était aux trois quarts écrasée, le père, leur cousin germain, la poitrine défoncée par le volant, la secrétaire, devant, qui avait

69

oublié de mettre sa ceinture, s'était écrasée contre le pare-brise, et une femme, derrière, le dos brisé par le choc du camion qui suivait, était enroulée sur elle-même comme une bête malade, enroulée au point qu'en essayant de l'extraire de la carrosserie, les pompiers ne s'étaient aperçus qu'au dernier moment qu'elle protégeait un tout petit bébé. Elle mourut quelques minutes après, sur la civière, et son corps détendu laissa alors échapper l'enfançon, livré dorénavant au vaste monde.

Démarches, administration, interventions d'amis bien placés, recherches (dans les premiers jours on n'avait pas été sûr : laquelle des deux femmes était la secrétaire, laquelle la mère), enfin, cela s'était, comme disait Simone, « bien arrangé » puisque tout le monde était mort et que le petit restait sans famille. On l'adopta. Simone traversait une période wagnérienne, elle insista pour le prénommer Siggi. Christian aurait aimé quelque chose de plus doux, mais il sentit la nécessité d'un compromis : Simone n'était pas folle des enfants, surtout petits. Plus tard, elle s'y attacha.

On s'attachait à Siggi, c'était vrai. Pourquoi ? Pour sa simplicité indéchiffrable, sa bonne humeur, autre chose encore qui suscitait l'inquiétude. Son nouvel ami ne téléphonait-il pas chaque fois que Siggi était censé se trouver rue Montoyer ? Simone s'en étonnait, malgré les pré-

70

textes ingénieux que lui donnait Marc. Mais Christian comprenait. Parce que Siggi avait été, dès les premiers jours, pour lui (et sans doute pour Marc), une aventure. La seule de sa vie, peut-être. C'était un rêveur, ce marchand de chaussettes. Des années après la « fugue » de Siggi, il s'imaginait partant, vivant quelques semaines sous un faux nom, dans une petite ville de France, sans obligations, sans amis, en état, pour ainsi dire, d'apesanteur. Avec le bonheur (que Siggi avait peut-être connu) de se dire que personne, absolument personne, ne saurait où il se trouvait. Mais les affaires ? Mais les travaux commencés, en vue d'agrandir le magasin ? Siggi serait bien étonné. Il n'osait pas penser « inquiet ». Il y avait ainsi dans son imagination une sorte de barrière, un frein qui l'empêchait d'aller plus loin que le vraisemblable. Par exemple, il pensait : « petite ville de France », ou même « Ostende » (il s'y voyait bien, dans un bistrot de poissons), mais jamais « dans une petite ville d'Italie » encore qu'il adorât l'Italie où il avait fait deux ou trois voyages d'affaires. Il pensait que Siggi serait étonné, il aurait pu peut-être aller jusqu'à « épaté », mais inquiet, non. Même en rêvassant, non. Quant à Simone, elle n'avait aucune place dans cette fabulation. Elle n'existait pas, à ces moments-là, ni les meubles rustiques-modernes, ni le papier des murs (de grosses pivoines roses sur fond noir, avec un léger relief), ni la brioche du samedi...

71

Il aurait fallu, pour rendre l'existence à ce décor de sa vraie vie, qu'il s'avouât qu'il le haïssait. Mais haïr, vraiment ? Est-ce qu'un marchand de chaussettes peut employer un mot pareil ? Peut admettre en lui des sentiments si excessifs ?... Un jour, pourtant, sortant d'une de ses rêveries, il avait dit à Simone :

— Tu ne crois pas qu'on pourrait changer le papier peint du rez-de-chaussée ?

— Oh ! avait dit Simone calmement, il est encore très frais, je trouve.

Elle aussi était encore fraîche, pour ses cinquante et quelques années. Le barrage s'éleva, coupant le flot des pensées néfastes, empêchant Christian Heller de s'apostropher lui-même : « Tu ne crois pas qu'il faudrait changer Simone ? »

II

Bram van Stockel et son frère Kobe, d'un an son aîné, avaient longtemps mené des vies parallèles, liés d'abord comme des jumeaux, antagonistes comme des jumeaux. Les parents étaient Flamands de Flandre – du côté de Halle. A peine venaient-ils de baptiser leurs enfants que le parrain, architecte bruxellois, le leur reprocha : c'était encore le temps où les familles snobs élevaient leurs enfants en français. Les van Stockel cédèrent à moitié. Les garçons furent bilingues, ce qui leur fut plus tard bien utile. Kobe, sociable, cordial, persuadé que l'architecture nouvelle devait se pratiquer en groupe par un échange d'idées et une forme de collaboration, emporta, tout jeune encore, le premier prix d'un concours de façades dans la commune de Saint-Gilles.

Bram, presque adolescent, écrivit un pamphlet : *Aux vieillards prématurés*, qui s'adressait aux tenants de l'art classique et du néogothique, et comme ils étaient en majorité (disait-il) aux « poli-catholiques », (catholiques politiques), les mêmes qui devaient estimer toutes païennes les courbes luxuriantes du Modern Style, iraient jusqu'à en interdire l'enseignement dans les écoles d'architecture Saint-Luc. Le pamphlet fit du bruit ; ce bruit s'éteignit comme expirait, progressivement, la vogue de l'Art nouveau.

Ces vies si unies se séparèrent. Bram en souffrit beaucoup et décida, comme on lance un message ou comme on laisse un témoignage derrière soi (il pensait cela tant il était découragé), de bâtir sa propre maison. Hankar l'avait fait. Delune l'avait fait. Pourquoi pas lui ? Il ne tenait pas compte du fait que, plus âgés que lui, Delune, Hankar, et bien d'autres, avaient pu profiter de la première vague des commandes enthousiastes de maisons bourgeoises, « unifamiliales » disait-on et dit-on encore, et, probablement, avaient pu se permettre de bâtir leur propre demeure comme un couronnement, une apothéose. Vite dégonflée, mais enfin... Bram n'avait pas ce passé, n'avait pas d'argent ; son intégrité même, un perfectionnisme un peu excessif, l'avaient desservi car souvent, employant les artisans les plus qualifiés, les matériaux les plus coûteux, il travaillait sans bénéfice, et, une ou deux fois, à perte. Kobe commençait à le blâmer.

Ils avaient échappé à la guerre de 14. Trop jeunes. Mais alors que Bram dessinait, rêvait, attendait avec impatience la paix – non pour la paix, mais pour passer son diplôme et se lancer dans la bagarre architecturale, la seule qui l'inté- ressait –, Kobe déjà réfléchissait. Il y eut quand même quelques années heureuses : le prix de Kobe, le pamphlet de Bram. On les considérait comme des garçons d'avenir. « Seulement il fau- drait qu'ils sachent évoluer... » disaient certains. Bram, solitaire, têtu, poursuivait une recherche déjà dépassée. Il ne l'ignorait pas tout à fait, mais, se glorifiant de ne tenir aucun compte des modes, pensait qu'il arriverait à dominer les ten- dances – d'ailleurs indécises – qui se dessinaient. Kobe cherchait une issue. Il était paresseux, charmant, un peu fourbe. Bram avait un carac- tère de chien. Il eût été intelligent sans une obs- tination désintéressée et presque mythique qui lui faisait défendre des valeurs admises une fois pour toutes. Pourquoi les eût-il contestées, n'étant pas allé jusqu'au bout. Il pensait parfois qu'il lui faudrait toute une vie, toute sa vie, pour arriver à la perfection d'un Josef Hoffmann, d'un Horta, d'un Hankar. Mais Hankar, parfois japonisant, dans le bon sens du terme, c'est-à- dire dans le sens où Bram l'entendait, évoluait, mourait jeune, sinon, comme Horta lui-même, se serait-il mutilé, eût taillé dans l'exubérance du début de siècle, et – qui sait ? – serait arrivé au dégoût de l'architecture de l'époque où Bram atteignait cinquante ans.

Entre-temps, il y avait encore eu la guerre.
Bram se battit un peu, très peu ; fut prisonnier,
libéré, logea chez lui par cinq ou six fois ce que
Kobe appelait des « terroristes ». Il n'était pas
pro-allemand, mais ayant été réformé il en voulait aussi aux résistants par sentiment d'infério-
rité. Quant à s'engager lui-même, fût-ce dans la
modeste mesure où le faisait Bram, pensez-
vous ! Sa santé le lui interdisait, d'abord. Le
blâme de ses parents, âgés alors mais encore bon
pied bon œil, et suspendus à Radio-Londres, ils
ne moururent qu'en 46, à quelques mois d'inter-
valle, contents d'avoir « vu ça » (la Libération),
contribua à séparer les deux frères. Les vieux
van Stockel ayant coutume de dire dans la
conversation courante et devant témoins, que
Kobe « s'était débrouillé » pour se faire réformer.
Cette expression mettait le pauvre garçon hors
de lui. Il se disait malade ! « Ça ne l'a pas empêché de se marier », disait Bram qui ne se mariait
pas. Le cas de Kobe s'aggravait du fait que la
jeune épouse, Louise, était la fille d'un échevin
de la commune qui avait obtenu pour son
gendre des travaux d'intérêt général. Du coup,
Kobe avait délaissé des projets entrepris avec
son frère, se pliait aux modes du jour, plus
dépouillées, plus fonctionnelles que ce qui avait
été le goût des années d'avant 14. Au reste, il se
disait toujours trop malade pour entreprendre
des travaux d'envergure. Il avait toujours su

s'attirer l'indulgence de tous, sauf de ses parents qui préféraient Bram ostensiblement. Les parents de Louise, voyant en lui un bon mari, se souciaient peu qu'il fût ou non un bon architecte. Ils le disaient hypocondriaque. Pourtant il soigna Louise, victime d'une variété de grippe espagnole, avec un dévouement exemplaire. Il la pleura quand elle en mourut prématurément : elle n'avait pas trente ans. Et, ceci fait, justifia l'opinion de son frère qui le disait casanier en épousant, un an après, la sœur de la défunte : Jeanne. Ce qui lui permettait de garder la même belle-famille, le même appartement, et le même emploi.

Bram haussait les épaules. Sans être réellement brouillé avec son frère, il le voyait moins. Il planchait sur les plans de sa propre maison, celle qu'il voulait bâtir pour lui, dans un style à lui, message laissé aux temps futurs. Il faisait devant Kobe qui s'esclaffait de furieuses déclarations de révolte. « Pas de plastiques laminés chez moi ! Pas de fibre de verre ! Pas de mousse de latex ! » Tous ses moments de loisirs étaient consacrés à la construction de ce qu'on n'appelait pas encore « la Pagode ». Il marchait beaucoup à pied dans Bruxelles, contemplant ce qui restait de cette floraison admirable et brève de l'Art nouveau qu'on commençait déjà à défigurer, et même à démolir. Il s'indignait, prenant à témoin le fils de Kobe qu'on lui avait confié. Il vieillissait sans s'en rendre compte, ayant peu de besoins, et ses besoins diminuant en même temps que ses commandes. La maison s'élevait, devant les étangs d'Ixelles. Il avait de quoi vivre... oh! tout juste! Les économies, les petits héritages (tante Annelise, oncle Jacques) avaient filé en céramique, en bois d'ébène, et alors était venue la déception : la petite bande de terrain entre la Pagode et l'horrible villa Marie-José avait été acquise par l'Etat. Pour quoi faire, on se le demande! Il n'y avait pas même l'espace suffisant pour un kiosque à journaux ou un abribus, mais enfin elle était intouchable, maintenant, et Bram, qui voulait en faire un minijardin, et qui espérait aussi le voir bordé par un mur aveugle, se voyait frustré sans raison. Le beau-père de Kobe, très obligeant, s'était agité tous azimuts, sans pouvoir apprendre le but obscur de l'administration. La réponse la plus claire qu'on lui avait faite étant : « Il restait quelques sous sur le budget d'Ixelles, il fallait bien en faire quelque chose... » Bram n'aurait pas de jardin... Heureusement, une longue pièce, au rez-de-chaussée surélevé, se prêtait à merveille au jardin d'intérieur. Il menuisa lui-même des étagères, fit creuser des niches, correspondit avec des marchands de plantes rares, et quand une commande (une fabrique de confitures près du canal) lui parvenait, loin de se réjouir, il s'en trouvait dérangé dans sa minutieuse entreprise. Arrivé au toit, quand il eut fait le schéma du « puits de lumière » qui serait l'achèvement de la maison, il se dit qu'il ne lui arriverait plus rien dans la vie. Il réserva une pièce aux photographies de ses œuvres passées, certaines déjà démodées, ou transformées au niveau du rez-de-chaussée en commerces divers bariolés, sans chic. Peut-être un musée, plus tard ? Un de ces petits musées qui sont signalés dans des rubriques comme « Bruxelles insolite », ou « Curiosités à voir, à la rigueur », et de drôles d'heures de 8 à 11 h 15 le matin, de 17 à 21 heures le soir... Le petit Marc était sûr que oui. « C'est moi qui le bâtirai », disait-il, car il serait architecte, comme son oncle. « Et son père », ajoutait Bram gentiment. Mais Marc n'avait jamais connu son père.

Bram se fit photographier tenant la main du petit. Il était encore beau, les cheveux blancs mais le visage jeune, farouche, un visage qui avait de l'avenir. Il était fort comme un roc. Mais il considérait cette concession : se faire photographier, comme un testament. Cela ferait le pendant des maisons démolies. « Bientôt, je vais me croire malade, comme le " pauvre " Kobe. »

Kobe, malgré deux mariages heureux, continuait à se prétendre faible, toujours fatigué, « couvant quelque chose ». Toute la famille en riait avec indulgence et, parfois, il en plaisantait lui-même. Sa fatigue suspecte ne l'empêchait pas de suivre Jeanne – qui avait vingt ans de moins que lui – dans toutes sortes de croisières, dans des séjours au Club Méditerranée, et, l'année 1965, il ne refusa pas de l'accompagner au Mexique avec un club anglais qui « faisait des prix c'est à peine si on pouvait y croire ! »

Bram n'essaya pas de dissuader son frère de ce voyage. D'abord parce que, comme toute la famille, il croyait Kobe hypocondriaque, puis parce qu'il était occupé par un tout autre souci : le projet de démolition de la Maison du Peuple, bâtie par Horta, qui semblait inévitable. Existait-il une pétition ? Pouvait-on toucher quelqu'un à la Culture ? Ils se consultaient, en compagnie de l'échevin, le père de Jeanne, quand la nouvelle les atteignit brusquement. Une maladie mal définie avait atteint Kobe qui visitait la ville d'Oaxaca ; on avait dû le ramener d'urgence à Mexico. Jeanne suppliait qu'on le mît dans le premier avion pour Bruxelles, le médecin de l'hôtel s'y opposait, parlant vaguement d'hémorragie cérébrale. On en fit venir un autre qui diagnostiqua d'abord une faiblesse cardiaque, puis un virus indéfinissable. « C'était un médecin anglais, pourtant ! » disait Jeanne avec une pointe de méfiance vis-à-vis des autochtones. Bram, affolé, s'apprêtait à prendre le premier avion quand, sanglotant au téléphone au point d'en être incompréhensible, Jeanne lui apprit qu'il était trop tard. Ces mots-là suffisaient. « Trop tard...

Too late... » Elle le dit en anglais pour être mieux comprise. Elle revenait, ramenant le corps après de multiples complications.

Le chagrin réel de la famille n'eut d'égal que sa surprise. On avait tellement pris le pli de rire des malaises de Kobe ! La surprise s'accrut encore lorsque, quelques semaines après, et encore de noir vêtue, Jeanne déclara qu'elle était enceinte. Enfant posthume. « L'enfant du miracle » déclara l'échevin. Et il partit dans un discours sur la duchesse de Berry, pour son propre plaisir, car personne ne voyait le rapport, pendant que les amis s'étonnaient un peu... Ils n'aimaient pas Jeanne qui le leur rendait bien. Et, plus tard, quand l'enfant fut né, on ne manqua pas de souligner la ressemblance « hallucinante » du bébé avec son oncle Bram. « Eh bien quoi ? C'est son oncle, non ? » La calomnie tomba à plat. Jeanne appela son fils Marc. Un cousin, aigrement, fit observer que personne dans la famille ne s'appelait ainsi. « Justement ! » répondit Jeanne qui n'ignorait pas les insinuations des uns et des autres. « Justement ! »... et toc !

Voici Julia, échappant au matelassier, qui emménage à la villa Marie-José. « Tu peux choisir des meubles, dit Fred. Ici, nous sommes propriétaires, nous resterons. L'immobilier monte, ce

n'est plus le moment d'acheter, mais de vendre. »
« De juteuses affaires ? » dit Julia. Fred la regarde.
Elle se moque de Gérald, c'est Gérald qu'elle
imite, pas lui... mais après tout, Gérald et lui font
le même métier, emploient peut-être les mêmes
expressions... Le mépris que témoigne Julia vis-
à-vis de son père ne rejaillira-t-il pas sur lui,
un jour ? Il essaie de plaisanter : « Quand je t'ai
épousée, on peut dire que j'ai fait une juteuse
affaire !... » L'orage va crever, elle va se fâcher,
puis pleurer, et ce sera fini. Mais Julia reste pen-
sive, et même, chose inquiétante, sourit : « Tu
n'as pas fait une si bonne affaire que ça ! » Cette
humilité, peu courante chez Julia, trouble Fred. Il
n'y a rien qu'il déteste comme les conversations
intimes, l'introspection, l'idée que sous la surface
des étangs nagent des poissons inconnus. Pas
pêcheur pour un sou, Fred !

— Tu as regardé par la fenêtre du petit
salon ? Ce qui sera ton boudoir ?...

— Non, j'attends les meubles, on les livre cet
après-midi.

— Tu n'es pas curieuse. Va voir, va !

Elle va. Voit d'abord, en face, la longue fenêtre
sans rideaux et toutes ces plantes, tous ces verts
différents, quelques minuscules fleurs blanches
qu'elle ne peut pas identifier. Puis son regard
s'abaisse et, au coin de la maison, le dragon,
placé un peu de biais, qui semble lui lancer un
coup d'œil narquois.

— Qu'est-ce que c'est, là?

Sa voix tremble peut-être un peu, mais ce ne sont pas de ces choses que Fred remarque.

— Influence asiatique... Débris d'Art nouveau... Ridicule! On l'appelle « la Pagode » dans le quartier. Il y a des gens qui se dérangent pour voir ça. Evidemment, si j'avais à la vendre, j'en parlerais autrement.

— Et tu auras à la vendre? demande Julia, toujours à la fenêtre.

— Qui sait?... Le bonhomme est bien vieux. Il a eu son heure de célébrité, tu sais. Mais on aurait démoli cette vieillerie depuis longtemps s'il ne l'habitait pas. Il y a trente ans qu'on ne bâtit plus comme ça... plus de trente ans! Et puis ça ne doit pas être solide!

Et, pour illustrer son propos, il tapa du pied sur le faux marbre du sol.

— C'est un peu autre chose que leurs parquets à la noix! J'ai tort?

Julia riait.

— Tu ne voudrais pas habiter dans ce train fantôme!

Il était en verve, ce jour-là, Fred. Julia l'embrassa sur la joue : ça ne lui arrivait pas si souvent de plaisanter.

— Bien sûr que non, chéri! Bien sûr que non!

Elle ne mentait pas vraiment. Ça la faisait rêver. Le Japon ressurgissait par éclairs, et le beau vieillard que Fred appelait « le bonhomme », quand elle le voyait au milieu de ses plantes, ou sortant appuyé sur sa canne, faisait bien ses quatre-vingt-dix ans. Elle ne lui parla que six mois environ après son installation. Encore la faute de Fred, évidemment ! S'il ne lui avait pas déconseillé, presque défendu, de s'intéresser à la Pagode et à son propriétaire... Et pourtant il ne savait rien du Japon, rien d'Evelyne, rien des larmes de Julia... Mais elle ferait mieux de s'occuper des fiches de l'agence, des « descriptifs », comme il disait – toujours son jargon. Il lui avait confié cette besogne parce qu'elle écrivait bien, disait-il. Et elle s'était mise à écrire comme lui, des mots comme « ambiance », des expressions comme « cadre de vie exceptionnel », « parc arboré », et tout était lumineux, et même « à rénover » n'en perdait pas pour autant son charme traditionnel. « Crédit possible ».

Plus tard, elle fut autorisée à photographier les « généreux volumes » des maisons de maître et, quand elle aurait fait ses preuves, elle atteindrait à ce sommet de la profession : elle ferait visiter ! Mais elle n'aurait pas *la signature*. Gérald s'y était opposé.

— Dites tout de suite que mon affaire ne m'appartient plus !

Comme d'habitude, il était parti très fort. Sa belle (mais oui, son assez belle) voix de baryton-basse emplissait la pièce, puis, comme s'il perdait le souffle, diminuait d'intensité à mi-phrase, ce qui fait que le tonitruant « dites tout de suite » était suivi d'un « que mes affaires » assez faiblard, pour se terminer par un « ne m'appartiennent... plus » presque chuchoté.

Julia détestait tout ce business. En bloc.

Peut-être qu'elle détestait Fred, aussi. Qui sait ? Et puis non ! Il était bon, ou du moins assez bon, il ne se posait pas de questions – ça, c'était une qualité –, ce qui fait que si elle l'avait détesté (mais non !) il ne s'en serait probablement pas aperçu. Ce qu'elle détestait, ce dont elle tirait toutes ses petites vengeances (aller au cinéma voir un film qu'il déclarait malsain, comme s'il savait ce qui était malsain... porter un pull turquoise : couleur vulgaire, comme s'il savait ce qui était vulgaire), parfois même, quand il lui avait fait l'amour deux fois, parfois même quand elle avait laissé échapper un gémissement, si faible fût-il, lui servir au petit déjeuner un chocolat chaud qu'il adorait, mais dont il se privait pour ne pas grossir, et, intérieurement, elle se chuchotait comme une incantation : « Grossis... grossis... grossis ! » Et puis, repentante, elle l'embrassait au travers du plateau, qu'il repoussait, et le voilà reparti pour une troisième tournée ! Cette fois, elle ne gémissait pas parce qu'elle n'en avait vraiment pas envie. Ce qu'elle détestait en lui, ce qui était la raison pour laquelle elle s'était mariée bêtement (elle le savait) à vingt ans, c'était le besoin, besoin bas (se disait-elle), ignoble même, de n'être pas seule, de n'être pas abandonnée. Ce qu'elle détestait, c'était sa dépendance, ses « Oui, Fred », ses « Comme tu as raison ! », ses tailleurs-pantalons soigneusement choisis. Il avait accordé le pantalon – ce qui faisait râler Gérald –, ses chapeaux qui lui allaient bien, d'ailleurs très chers, mais qui, sauf pour un mariage, un enterrement, met encore un chapeau de nos jours ? Ou pour le soleil sur la plage ? « Nous avons affaire au public, ne l'oublions pas », disait-il quand il l'emmenait au bureau. Et il était conscient, elle était consciente, de ce que sa beauté sévère mais évidente apportait au bureau autrement si banal. « Un plus », aurait dit Gérald. Mais Fred n'allait pas jusque-là, du moins quand il s'agissait de sa femme. Il l'aimait, si on veut. Il en était content, comme de la Mercedes qu'il venait d'acheter. « Je n'en changerai plus jamais ! » Parlait-il de la femme ou de la voiture, on ne savait pas. Il ne savait peut-être pas lui-même.

Il paraissait tellement sans détours ! Il n'avait pas repris l'entreprise de son père à cause des chantiers : trop de poussière. Cet athlète se prétendait sujet aux allergies. Il avait deux ou trois petites affectations de ce genre, ainsi autrefois on plaquait des mouches sur un beau visage, comme pour compenser l'absence de tout élément féminin qui eût affiné sa personnalité trop massive. Mais cette opacité rassurait Julia. Plus : elle en avait besoin.

Ils dînaient en ville parfois. Ils avaient des amis, et pour en avoir plus, Fred apprenait le bridge, projetait de se mettre au golf. Elle se moquait de lui sans le montrer, prenant parfois Tania à témoin : « Comme si on n'en avait pas toujours assez, d'amis ! » Pourtant, elle voyait parfois Annie, Marie-Cécile, Christine, qui avaient été en pension avec elle. Elles venaient la chercher au bureau, place Stéphanie, et marchaient jusqu'à l'hôtel Hilton, dont elles estimaient le bar « in » (Marie-Cécile), et où elles prenaient un cocktail ou deux. Annie était aide-comptable dans une banque, mais cherchait autre chose par peur des agressions ; c'était une petite blonde ressemblant à une souris. Christine enseignait l'anglais. Marie-Cécile, d'une famille opulente, s'était vu offrir pour son vingtième anniversaire une boutique de cadeaux dans le bas de la ville. Marie-Cécile pouvait se parer de l'étiquette « femme qui travaille », qu'on était venu, fin 99-début 2000, à trouver un élément de séduction. Julia n'aimait aucune de ces trois filles. Mais quoi... il faut bien avoir des amis ! Se disant cela, elle rejoignait sans s'en douter – mon Dieu non ! – Gérald qui pensait à propos de Tania : « Il faut bien avoir une maîtresse. »

Les hommes ? Oui, les hommes, dans ces fameux dîners dont elle tirait surtout l'amère satisfaction d'être, sans discussion, toujours la plus belle, les hommes, elle en voyait souvent qui lui plaisaient : des traits fins, de belles mains, grands, oui, mais sans les larges épaules de Fred, et même, parfois, des lunettes : un genre intello, mais propres : un rien de négligé l'écœurait. Mais d'abord, ce genre d'homme, ce genre d'homme qui lui aurait plu, ne l'aurait pas rassurée comme Fred. Et puis, elle le sentait bien, elle ne leur plaisait pas. Trop belle ! Belle comme un mannequin, comme un modèle de Modigliani – on le lui avait dit deux ou trois fois, mais Modigliani, Fred ne savait pas qui c'était. Un chanteur ?

Gérald l'aurait su, mais elle l'évitait. Même quand elle passait une demi-journée au bureau elle ne montait pas au second. Elle téléphonait pour savoir s'il était là, et quand elle entendait sa voix elle raccrochait.

Elle pouvait passer pour placide, froide même. Et puis, tout à coup, un élan... Ainsi, à peine venait-elle d'emménager, à peine Fred l'avait-il laissée au milieu de ses meubles neufs, les tiroirs encore scotchés pour ne pas s'échapper... – elle les regardait, ces tiroirs vides de la coiffeuse, comme s'ils avaient été des symboles, des signes : et moi, je suis scotchée là, dans ce « bel appartement sur deux niveaux, sols impeccables, vue », d'où je ne sortirai plus jamais. Elle en voulait à Fred d'être parti avant qu'elle ait pu se reprendre, la laissant là, au milieu de ces meubles bêtes à crier, comme on abandonne un enfant mal aimé au milieu d'un bois, comme elle avait été abandonnée au bord du fleuve Escaut, ce pour quoi elle avait épousé Fred, pour une main dans sa main, pour un corps dans son lit. Et c'est à lui qu'elle en voulait de cette dépendance. Encore un mot à double sens qui revenait sans cesse sous ses doigts comme elle tapait les fiches (les « descriptifs ») de l'agence : très belles dépendances... dépendances à restaurer... Si seulement elle n'avait pas senti cette agitation amère, ces vagues en elle, chaque fois qu'il était en retard, qu'il allait faire visiter une propriété de campagne ! Elle n'arrivait pas à manger, pas même à avaler une gorgée d'eau, de vin. Elle finissait par appeler Tania, à la fois par amitié et par mépris : elle n'allait pas se montrer décomposée à Chris ou à Marie-Cécile ! « Si c'était un accident de voiture, tu le saurais déjà », disait Tania. « Et s'il me trompait ? » Qu'il la trompât, elle s'en moquait bien ; mais quand on trompe sa femme il y a toujours une possibilité qu'on l'abandonne. « Il a trop de travail ! » disait Tania.

L'évidence niaise de ces constatations apaisait Julia par moments. A d'autres, une injuste rancune montait en elle, elle en arrivait à détester Fred pour le besoin qu'elle avait de lui. Lui aussi, il trouvait évident qu'elle dût être heu-

reuse : deux salons ! Un immeuble neuf ! La vue
sur les étangs d'Ixelles !... Et il ne rechignait
jamais à payer les factures du couturier, de ses
chapeaux (bien qu'elle fût une des rares femmes
qui en portât régulièrement). Et il avait compris...
enfin, il avait cru comprendre... son accablement devant la vitrine du matelassier. Quelle
autre raison aurait-elle eue de se plaindre ?
Aussi, est-ce la conscience tranquille, et même
quelque peu triomphant, qu'il avait après
maintes recherches trouvé et acquis les deux
étages des étangs d'Ixelles. « Et voilà ! » avait-il
l'air de dire, « te voilà comblée !... » Et il était
parti vers sa voiture presque neuve rangée
devant la villa Marie-José, sa serviette sous le
bras, sa silhouette athlétique et un peu gauche
marchant résolument vers la voiture, vers les
affaires « juteuses », vers les encombrements
qu'il négociait adroitement. Et il reviendrait
pour dîner, pour raconter avec enthousiasme
des choses ternes, pour finir par la prendre dans
ses bras (même le lit était neuf, mais, déjà,
l'étreinte ne l'était plus), chose qu'elle ne détestait pas absolument. Elle lui en voulait d'autant
plus.

Ce jour-là, le jour de l'emménagement, elle
eut un de ces mouvements de révolte, contre
elle-même plus encore que contre lui (mais
c'était la solitude, aussi ! ces tiroirs vides, ces
caisses pleines), et elle sortit, traversa le jardinet

assez mesquin qui précédait l'immeuble, hésita.
A droite, la promenade, assez agréable, le long
des étangs (stagnants, cependant) qui menait
jusqu'à la place Flagey et la chaussée d'Ixelles
aux boutiques amusantes. A gauche... à gauche,
elle vit sortir de la Pagode, d'un pas mesuré
mais ferme, un grand vieillard très droit, habillé
comme on ne s'habille plus : un costume
sombre, la veste ouverte bien qu'il fît froid, laissant voir un gilet strictement boutonné, une
chaîne de montre, et, sur la tête, carrée, puis-
sante, un chapeau melon.

Julia fit un pas, puis un autre... Il lui sembla
que le vieux monsieur la regardait avec surprise.
Une nouvelle voisine, devait-il se dire. Mais
l'habitant de la Pagode ne pouvait qu'éprouver
un certain dédain pour ceux de la villa Marie-
José. Aussi, en le croisant, rougit-elle.

Il est vieux, très vieux – mais c'est une très
jolie femme que Julia. Plus que jolie femme : une
femme dont la beauté pourrait tenter un peintre,
un sculpteur. Bram van Stockel retire son melon
(coiffure désuète qui ferait rire Julia si elle n'était
intimidée par ce visage farouche et ravagé d'une
vieillesse qui ne se rend pas). Elle s'arrête. Le
vieux monsieur aussi. Est-ce une illusion ? son
visage semble s'adoucir. Et la voix, un peu
rauque, de l'ancien architecte semble douce aussi,
par moments.

— Si je vous avais connue plus tôt, dit cette voix désaccordée, vieux violon d'occase qui crisse, j'aurais fait de vous une cariatide. Vous savez ce que c'est ?

Julia, incapable d'émettre un son, joint les mains en plateau au-dessus de sa tête. Bram éclate de rire. Un concert de cloches rouillées, avec, au fond, un ronflement de basse, encore très viril. Gentille, cette belle jeune fille... Pour lui, sont jeunes filles toutes celles qui n'ont pas quarante ans, et encore !...

— C'est ça. Mais pour une maison classique, un peu allemande, Stirling et Wilford, vous voyez ? En bois d'ébène... Ah, si j'avais vingt ans de moins !

Julia se demande s'il est possible qu'un homme si âgé – octogénaire, nonagénaire ? – s'essaie encore à la galanterie. Mais non. Les yeux, très bleus, profondément enfoncés dans l'orbite, regardent au loin des cariatides imaginaires qui s'élèvent dans un avenir qui ne lui appartient plus. Il soupire.

— Vous habitez Bruxelles, mademoiselle ?

D'un mouvement du menton, Julia désigne (et elle rougit encore) la villa Marie-José.

— Oh ! fait le vieillard, consterné. Puis il se reprend :

— Vous êtes donc une voisine. Un de ces jours, il faudra venir visiter ma maison. On me dit que les gens l'appellent maintenant la Pagode. Bande d'ignares ! Ils n'ont jamais vu

une pagode de leur vie ! Enfin !... Il y a encore
pas mal de belles choses à visiter à Bruxelles,
mademoiselle. Ce qu'on n'a pas saccagé, naturellement. Parce qu'ils s'y entendent, ici ! Vous
n'avez jamais vu la Maison du Peuple, de
Horta ? Non, vous êtes trop jeune. Démolie,
entassée – les morceaux ! – dans une espèce de
décharge... Suffit.

C'est à son indignation qu'il adresse ce « Suffit », enroué de fureur. Mais Julia le comprend
comme un congé, elle fait un pas en arrière,
avec un dernier regard sur la Pagode, et là, dans
l'entrée, derrière les deux affreux dragons, elle
voit un jeune homme immobile, très brun, très
beau, qui lui ressemble.

C'est Marc. Les années passent, et c'est toujours Marc. Le vieux Bram meurt. Secrètement,
Julia nourrit l'espoir que la maison sera vendue.
Fred n'y voit aucun inconvénient – à condition
de ne pas l'acheter lui-même. Julia économise
ses forces pour les lancer dans la bataille, le
moment venu. Pourquoi se dit-elle qu'elle sera
moins malheureuse dans la Pagode que dans la
villa Marie-José, devenue la « résidence », malgré
les deux salons ? Une idée folle qui lui traverse
l'esprit, parfois, qu'elle rejette, qui réapparaît : si
Evelyne revient un jour, ce sera là ! Elle saura
tout de suite que la maison de Saint-Amand a

été vendue, que Gérald et « la petite fille » sont partis pour Bruxelles, et là, en téléphonant (on ne peut pas imaginer qu'elle se présente place Stéphanie, d'autant plus qu'elle doit avoir beaucoup changé... – Non, non ! elle n'a pas beaucoup changé ! Julia voit les cheveux si beaux, si blonds, si mal coiffés, devenus peut-être blancs... Pas grisonnants, surtout, c'est affreux ! Mais c'est tout. Elle sera toujours la frêle et froide Evelyne. D'ailleurs a-t-on les cheveux blancs à soixante ans ?). En téléphonant elle demandera l'adresse de Julia, viendra peut-être sans prévenir, reconnaîtra l'endroit aux deux dragons (qu'elle trouvera peut-être jolis, sympathiques en tout cas), et sonnera, pour s'entendre répondre par Marc (bien sûr ce serait Marc. Evelyne serait-elle frappée par sa beauté, par la ressemblance ?) :

— Elle habite juste à côté ! Et avec cet air de hauteur qu'il a toujours, il désignerait la résidence Marie-José.

Car ce serait toujours la résidence Marie-José, hélas. C'était de son salon, le premier, celui qui donnait sur la chaussée, qu'elle avait vu passer l'enterrement du vieux Bram, avec toute la pompe que la Ville réserve, en guise de réparation, aux architectes un jour célèbres mais, depuis, oubliés, reniés, et dont les œuvres ont été saccagées ou détruites. Et, peu de jours après, toujours guettant, Julia vit arriver deux camions d'assez petite taille, livrant devant le portail des meubles et des objets disparates qui devaient constituer les biens propres de Marc van Stockel, laissés par délicatesse chez sa mère. Lui-même les escortait, indiquant aux déménageurs les précautions qu'il désirait leur voir prendre.

Julia observait ce déballage avec mélancolie. On ne se fait pas livrer deux tables à dessin, un lit de vastes dimensions, des classeurs, de petites commodes, une penderie en matière plastique et une quantité de paquets informes, pour venir passer huit jours ou même quelques semaines dans une maison que l'on va vendre.

La Pagode resterait là, inaccessible (le vieux Bram n'a jamais renouvelé – peut-être trop malade – l'offre de la visite), et le Japon reste là, à portée de main... Comment disait donc Fred ? « Un train fantôme », sans se douter du fantôme qui hantait sa femme à côté de lui.

Tania arriva là-dessus, son petit paquet de gâteaux à la main, et trouva son amie pleurant encore.

— Julia, qu'est-ce que tu as ? Tu pleures ? Mais tu deviens folle ! (Puis, doctorale sous sa toque de fourrure :) Fred te trompe ? C'est ça ? Il t'a dit qu'il allait à Malines et il n'y est pas ? Ecoute, il ne faut pas qu'il te trouve dans cet état-là ! Ça donne trop d'importance à la chose, tu comprends. Il vaut mieux qu'il pense que tu ne sais rien.

95

S'essuyant les yeux, se mouchant, avec un reste de sanglot dans la voix, Julia protesta :

— Mais non ! Enfin, je ne crois pas... Je n'en sais rien. Tu le sais, toi, qu'il me trompe ? Avec qui ?

Tania sentit très bien que la tension baissait.

— Mais je ne sais pas avec qui ! Et peut-être qu'il ne te trompe pas !... Qu'est-ce qui te donne à penser ?...

— C'est toi qui dis...

— Je pose la question, c'est tout. S'il ne te trompe pas, pourquoi est-ce que tu pleures ?

Julia eut un dernier hoquet, et c'était absurde ce hoquet d'enfant malheureux chez une grande belle fille comme ça qui intimidait les hommes.

— Il n'est pas rentré déjeuner.

— S'il est à Malines... Il n'a pas téléphoné ?

— Non...

— Ne pleurniche pas. Pour une fois où il oublie !... Tu sais qu'il a beaucoup de mal à vendre cette maison. C'est un gros morceau (elle répétait les mots mêmes de Gérald. Elle se retint de hausser les épaules, et pour montrer qu'elle s'installait, posa sa toque sur la pendule). Il aura invité le client à déjeuner sur place, pour lui en mettre plein la vue... Ton père fait toujours ça.

— Il n'avait qu'à y aller lui-même à Malines, mon père ! s'écria Julia avec rage. Il fait tout faire par Fred, maintenant. Et moi, je suis toute seule.

— Il ne tient pas tellement à se déplacer. Il vieillit... dit Tania avec une certaine satisfaction. Tu devrais faire un peu de thé, ça te ferait du bien de manger quelque chose. Je suis sûre que tu n'as pas déjeuné.

— Toi et tes gâteaux! Je n'ai pas envie de grossir, dit Julia qui parut un peu réconfortée malgré tout, mais avec un regard insultant sur les formes de son amie – passablement boudinée, il faut bien le dire, dans un tailleur de l'année dernière. Elles passèrent tout de même dans la cuisine, étincelante, chromée, inhumaine.

— Elle est formidable, cette cuisine! dit Tania en sortant les tasses. Tu as beau dire, tu es drôlement bien installée.

Elle disait « drôlement », elle disait « vachement », comme une étudiante d'avant 68. « Elle croit que ça fait jeune », pensa Julia avec hargne. Pourtant, elle aimait bien Tania. C'était devant Tania seule qu'elle se laissait aller, montrait son désarroi. Tania trouvait la résidence Marie-José un séjour de rêve (« Deux salons! »). Et cette cuisine, elle aurait vécu dedans! L'eau bouillait, la bouilloire se mit à siffler.

— Nous étions bien installés aussi à Saint-Amand, dit Julia sans avoir l'air de s'en apercevoir. Ça n'a pas empêché ma mère...

Elle s'interrompit, prit la bouilloire, versa l'eau sur les feuilles de thé. « On doit toujours ébouillanter la théière d'abord », pensa Tania, mais elle ne dit rien. Elles touchaient au sujet délicat, différemment pour chacune, mais elles craignaient également de l'aborder. Tania était crispée à son tour. Elle n'avait presque plus envie des tartes au citron qu'elle avait apportées, c'étaient ses préférées pourtant; mais elle avait peur du fatidique : « Mais pourquoi ne l'épouses-tu pas ? » que Heller, que Simone, que Julia lui posaient, depuis le jour encore récent où elle avait compris que, si elle ne l'épousait pas, c'était parce qu'il ne le lui avait jamais demandé. Notez, elle n'avait jamais non plus rien fait pour l'y pousser. Julia lui rendrait cette justice. Elle ne s'était même pas informée. C'était Heller, c'était Christian (depuis peu il lui avait demandé, il l'avait autorisée, à l'appeler Christian, lui, le *patron*!) qui avait décidé de prendre les choses en main, et par un ami qui fréquentait l'état civil, avait pu lui affirmer – on aurait une attestation quand on voudrait – que Gérald et Evelyne (née Berger) étaient bel et bien divorcés, et depuis des années. « Ah! qu'est-ce que je disais! Faites-en votre profit, ma petite Tania. Un homme, naturellement, n'est jamais pressé de se marier... moins encore de se remarier! Mais avec votre charme, vos grands yeux, vous devriez pouvoir le décider. Il faut que vous le décidiez! Vous ne pouvez pas continuer à vivre dans cette situation fausse. Le temps passe, ma petite fille... » Le « ma petite fille », très affectueux, ne rachetait pas « le temps passe ». Une notion qui n'avait inquiété Tania que très récemment. Naturellement, M. Heller (Christian) ne lui voulait que du bien. Et qu'il lui demandât, en échange (non, pas en échange. Quelle idée ! En toute confiance, voilà ! Comme deux amis qu'au fil des ans ils étaient devenus) de jeter un œil sur Siggi... si elle entendait parler de ses fréquentations... est-ce qu'on donnerait des soirées dans cette « Pagode », on devrait le savoir dans le quartier. Peut-être même Julia, et comme elle allait souvent voir Julia... Chacun ses soucis, n'est-ce pas ?

Julia, pendant ce temps, servait le thé, mordait dans une tarte au citron, la reposait. Mentalement elle avait achevé la phrase commencée : « Ça n'a pas empêché ma mère de foutre le camp ! », puis s'était mordu la lèvre, et, finalement, ne l'avait pas finie, sa phrase. Mais l'angoisse était là. Et, curieusement, Tania qui n'avait pas d'imagination (alors que Julia débordait de fantasmes sombres) voyait beaucoup plus nettement ce « retour », même hypothétique, d'Evelyne. Julia, en pension, l'avait peut-être un peu usé ? Ses larmes coulaient aussi pour cette difficulté de se représenter Evelyne aujourd'hui, mais coulaient peut-être aussi de n'y croire que faiblement, comme on lui avait appris en pension à croire en Dieu, en Notre-Dame de Lourdes, et à toute une bande de saints choisis par les religieuses en fonction d'affinités secrètes : saint Donatien, sainte Godeleine, ou Godelieve, qui fut étranglée par sa belle-mère, saint Lande- lin qui fut brigand sous le pseudonyme bien choisi de Morose, et d'autres ! Les Pieds Nicke- lés, disait Julia à quinze ans, qui affectait des airs affranchis pour épater ces petites-bour- geoises dont l'une n'avait pas hésité un jour à affirmer que la mère absente de Julia n'était qu'une « traînée ». Loyale, Marie-Cécile avait pris la défense d'Evelyne disparue, d'après elle tout simplement divorcée (c'était encore assez scandaleux, en 80, dans cette pension-là qui était chic et chère, et non subventionnée par l'Etat). Divorcée donc et *aristocratiquement* rema- riée. Ce dernier point avait fait gros effet. Blan- dine, dont-la-famille-était-dans-les-textiles, une petite saleté médisante, cafteuse, avait essayé de torpiller l'information.

— A l'église ?

Là, Marie-Cécile avait hésité. Dire oui, c'était reconnaître que Julia était née d'une union pure- ment civile, une sorte de bâtarde en somme. Dire non, c'était faire d'Evelyne une irrégulière, presque une femme entretenue. Julia rattrapa la balle au bond.

— A l'église orthodoxe, dit-elle d'un air pénétré.

Stupeur, silence. On raconta que la mère de Julia avait épousé une espèce de grand-duc. On

100

respecta ce mystère qui entoura Julia d'un voile protecteur. Elle seule n'en était qu'à moitié dupe. En même temps, elle avait peur de savoir. Le grand-duc, c'était un peu trop Delly, ou même Paul Bourget, non? et on était très loin du Japon.

A chaque jour férié passé auprès d'un Gérald cachant mal sa lassitude, elle renouvelait ses assauts :

— Mais tu n'as jamais de nouvelles de maman? Elle n'écrit pas pour demander de mes nouvelles? J'ai eu un A en dissertation, je voudrais le lui dire!

Il haussait les épaules :

— Tu penses comme elle s'en moque! D'ailleurs je ne sais même plus où elle est.

Elle pleurait, mais elle était, d'une certaine façon, soulagée. Elle désirait le retour de sa mère plus que tout au monde, et elle en avait peur.

Revenue chez son père, elle s'occupa à le haïr. Cela la distrayait un peu de son idée fixe. Et puis il y eut Fred, qui faisait un paravent entre elle et des sentiments excessifs et confus. Mais il fallait que le paravent fût là. Dès qu'il s'éloignait l'angoisse reparaissait, ricanante. Parfois, elle priait.

Et, finalement, quand Tania lui apprit (dans la cuisine chromée, devant des gâteaux qui, par hasard, étaient ce jour-là des « merveilleux ») que – par Christian Heller, dont l'ami, dont le cousin ou le cousin d'un ami, que sais-je, enfin était allé voir à l'état civil –, depuis des années, le divorce avait été prononcé, que Gérald était libre par conséquent (inquiétude de Tania : la demande en mariage n'était pas venue, ne venait pas) et qu'Evelyne, quelque part dans le monde, était libre aussi (angoisse de Julia : depuis dix ans, l'époque du grand-duc ou de sa légende, elle attendait un signe, une lettre, peut-être un faire-part de deuil). Tout aurait mieux valu que ce silence. Il ne lui restait que cette absurde fidélité envers Marie-Cécile, que ces visites de Tania, ses petits gâteaux, son incompréhension gentille. A chaque crise de dépression de Julia – qu'elle attribuait à Fred sans se rendre compte qu'elle pensait à ses propres tribulations, à la muflerie de Gérald qui, quand elle amenait (depuis peu d'ailleurs) le sujet du mariage sur le tapis, faisait jouer son Vivaldi à plein tube –, Tania pensait, et finit par dire sans aucune méchanceté, sans volonté de blesser aucune :

— Mais enfin, Julia, qu'est-ce que tu lui trouves ?

— A qui ? disait Julia, un instant égarée.

Et Tania, que l'inconséquence ne choquait pas, hochait la tête avec pitié :

— Pauvre Juju ! A Fred ?

Ce diminutif grotesque éveillait la haine dans le cœur de Julia. Et la haine chassait le chagrin,

un moment. Puis le lancinant sentiment d'abandon réapparaissait, et le désespoir morne qui
ramenait aussi la bonté. Tania aussi était à
plaindre. La différence, c'est qu'elle ne le savait
pas, un peu plus ces derniers temps, peut-être...
Elle se lamentait sur l'an 2000 qui approchait,
elle se lamentait sur elle-même.

— Toi, au moins, tu es mariée! disait-elle à
Julia.

— Il n'est jamais là, soupirait Julia.

— Tu exagères. Et puis, à l'agence, tu vois
du monde!...

Elle voyait du monde. Des clients qui exi-
geaient qu'elle décrivît avec les adjectifs les plus
flatteurs leur trois-pièces donnant sur une cou-
rette – quand ce n'était pas un pavillon de banlieue à côté d'une décharge. Des clients riches
qui cherchaient un manoir avec piscine déjà installée. Un éleveur de chevaux (celui-là assez
sympathique, qui faisait la cour à Julia sous prétexte d'agrandir son installation. Il avait de beaux
yeux, de lourdes dettes).

— Mais à quoi bon changer d'homme, disait-
elle à Tania, et même, une fois, à Marie-Cécile
qui avait décrété que le métier d'éleveur, « maqui-
gnon », était vulgaire.

Partir en vacances avec Fred, conseillait
Tania. Pourtant elle était allée l'année précé-
dente à Cabourg avec Gérald, et ça n'avait rien
donné. Marie-Cécile préconisait un divorce et,

103

belle comme était Julia, le remariage avec quelqu'un de mieux placé socialement que Fred. Toujours son idée fixe d'aristocratie.

Tout d'un coup, Julia :

— Tu te souviens, quand tu as prétendu que ma mère avait épousé un grand-duc ?

Elles éclatèrent de rire toutes les deux, et puis Marie-Cécile dit innocemment :

— Tu n'as jamais eu de nouvelles de ta mère ?

et Julia passa du rire aux sanglots. Tania et Marie-Cécile la croyaient un peu folle. L'hérédité, disait Marie-Cécile pour laquelle l'adultère était une sorte de maladie, peut-être transmissible sous forme de démence légère. Si ç'avait été quelqu'un d'autre... mais une amie d'enfance... Elle évita le sujet.

Tania n'était pas loin non plus de penser que Julia « avait un grain ». Et si belle ! quel dommage ! Elle lisait à Tania les *Lettres de la Religieuse portugaise*. Tania endurait patiemment. Parfois, la femme de ménage (une nouvelle, Kathye) passait, interrompant ces séances. « Oh, pardon ! », mais n'arrivait pas à cacher qu'elle les trouvait fort ridicules. On voyait bien que ces deux-là n'avaient rien à faire ! Madame Julia allait au bureau, oui, quand elle en avait envie et que son mari la déposait. Ce n'était pourtant pas loin. Un jour, elle avait demandé à Julia avec beaucoup de circonlocutions si elle ne pourrait

104

pas lui trouver une location, un échange, pour elle et ses deux petits. Mais Julia avait répondu tristement (ça, il faut le reconnaître, elle avait eu l'air de regretter) que son mari ne faisait que de « l'immobilier résidentiel » ; c'était écrit sur l'agence et d'ailleurs c'était faux. Kathye s'était alors tournée vers Marc van Stockel, dont le grand-père avait des relations dans un tas d'organismes s'occupant de logements sociaux, pas résidentiels pour un sou, et le brave garçon lui avait trouvé un trois-pièces derrière le palais de justice. Un peu sombres les trois pièces, assez loin de ses clients d'Ixelles, enfin c'était mieux que la pièce unique d'avant, avenue de l'Hippodrome, chez une vieille dame qui était une vraie s..... bon... et n'aimait pas les enfants. Elle avait bien, la femme de ménage, pensé à lâcher Julia en manière de représailles. Mais alors il lui fallait quitter « les » van Stockel, et ils étaient si gentils pour elle ! Bien que le trajet fût long et pas commode (les bus), elle resta.

Julia lisait à Tania résignée : « Cesse, cesse, Marianne infortunée de te consumer vainement et de chercher... »

— Tu veux une galette ?... « ... qui a passé les mers pour te fuir, qui est en France au milieu des plaisirs, qui ne pense pas un instant à tes douleurs, et qui te dispense de tous ces transports dont il ne te sait aucun gré ! »

Tania se demandait si ces lectures étaient pires que Vivaldi. Probablement. La musique, elle arrivait, depuis le temps qu'elle s'exerçait, à ne plus l'entendre. Mais les textes, les poèmes dont Julia s'éprenait par crises, c'était vraiment dur! Pauvre chérie! se disait-elle avec une vraie compassion. Une idée lui vint après maintes tentatives :

— Et si tu avais un enfant? Tu prends sans doute *cette pilule* (avec une expression de dégoût)?

— Comment veux-tu que j'aie un enfant tant que je n'ai pas retrouvé ma mère?

— Mais tu ne fais rien pour ça!

— Ce n'est pas à toi à me le reprocher!

Toutes deux avaient parlé avec une violence qui les surprit.

— On ne va pas se fâcher, dit Tania la première.

— Je ne suis pas fâchée.

Non. Elle était retombée dans un de ces brefs moments de désespoir brutal qui la dressaient contre la terre entière, et dont elle se repentait ensuite. Repentir stérile et sec : elle avait cru en Dieu, pourtant, autrefois. Peut-être était-ce ce mariage idiot, précipité, qui avait tari en elle ces élans? « Et pourtant, si je ne m'étais pas mariée, je serais devenue folle. » La main de Tania se posait sur la sienne :

— Ecoute, j'ai parlé à M. Heller de ton idée... tu sais : le détective privé?

Ce n'était pas son idée. Elle avait dit cela, c'est vrai, mais pour faire un choc à Tania, comme elle lui aurait donné une gifle ou un baiser.

— M. Heller trouve que c'est une très bonne idée. Et même que tu aurais dû le faire plus tôt. Il a une adresse. Un monsieur très bien, très discret. Il y a la question d'argent, évidemment. Mais il paraît que ces gens-là signent une espèce de contrat prévoyant une somme, et si tu trouves que ça dépasse tes prévisions, tu peux arrêter à tout moment.

— Mais si elle était morte ?

— Ce serait à l'état civil, tu ne crois pas ! Ou ta grand-mère l'aurait su.

Cette ignorance, c'était pis que tout. Qui sait ce qu'en tant d'années une femme a pu devenir ? Dans des feuilletons lus en cachette, il y avait d'affreux détails sur « la déchéance » : la rue, l'hôpital, la mendicité sur le parvis des églises, et quand elle allait à la messe – pourquoi ? par un reste d'éducation religieuse qui, comme l'angoisse, paraissait et disparaissait –, elle se racontait qu'elle allait apercevoir tout à coup sa mère et, peut-être, ne pas la reconnaître. Mais c'était du mélo. Une façon de fuir la vie, comme tous les livres qu'elle lisait. Parce que qu'est-ce qu'elle en savait de la vie ? La sœur Mathilde, la mère saint Augustin, son père qui ne lui parlait pas, Fred qui n'avait rien à dire, les descriptifs et les boniments, les « demeures patriciennes » et les « environnements arborés »... Peut-être Evelyne vivait-elle dans un de ces « cottages », dans une de ces villas au bord de la mer, remariée, heureuse, avec d'autres enfants. Non, pas ça! Elle pleurait encore, parfois cassait un vase. Fred, tolérant, disait qu'il lui fallait apprendre à être plus aimable avec les clients. Si c'était tout ce que la vie avait à lui apprendre!... Mais Tania, mais Marie-Cécile, que savaient-elles de plus? Et elles ne se plaignaient pas. Et Kathye, sa nouvelle femme de ménage, et Renée, la dactylo de l'agence, fécondes en récits de scènes de ménage, de fins de mois difficiles, d'opérations compliquées subies par des parents ou des amis. Bref, le désert. Qu'elle le créât elle-même par cette attente, ce besoin d'amour si sûr de rester insatisfait, elle n'en avait pas conscience. Ni que c'était l'absolu de ce besoin qui l'empêchait de chercher, de savoir enfin où était cette Evelyne dont le nom était devenu le synonyme du vide de son cœur.

— Tu ne veux pas y aller? insistait Tania. Tu en aurais le cœur net!

Le cœur net! Pouvait-il être plus net, ce cœur affamé de Julia.

— Si j'y allais à ta place?

Julia était bouleversée. Cette Tania, si stupide, avec ses petits gâteaux, ses froufrous, ses chapeaux... et, tout à coup, elle frôlait l'héroïsme. Car enfin, retrouver, si tant est que ce fût possible, Evelyne, était contraire aux intérêts les

108

plus évidents de Tania. Et faire cela par pure amitié, pour Julia qui s'était si souvent moquée d'elle! Il est vrai que, probablement, elle ne s'en doutait pas. Quoiqu'elle eût très bien senti l'effroi de son amie à dévoiler ainsi cette douleur cachée devant un étranger. Il y avait là de la finesse, au moins de l'intuition... En tout cas, de l'affection.

— Oh, Tania! Taniouchka!

Elles s'embrassèrent, toutes deux très émues. Julia oubliait complètement qu'en ce moment, au bar de l'hôtel Hilton, l'éleveur de chevaux, fébrile, l'attendait en fumant l'un de ses mauvais cigares.

— Des balcons! s'écria Mathonet, penché sur les esquisses de Marc. Des balcons! Si tu crois que c'est en proposant des balcons que tu vas enlever l'adjudication! Tu te crois revenu à l'époque du socialisme utopique?

— Il en est resté à l'époque de l'architecture parlante; tu sais, les messages? Le style Messidor! murmura Dardel, caressant sa jeune barbe dorée.

— Des balcons! Tu sais ce qu'on va t'objecter tout de suite? C'est que les malheureux que tu vas loger là vont y suspendre soutien-gorges et caleçons, et déshonorer ainsi le boulevard, en face.

Jean-Gérard avait dit cela plutôt gentiment, car il ne détestait pas Marc, au contraire des autres. Mais enfin, ils faisaient équipe : ils croyaient peut-être que leur antipathie pour ce grand garçon froid était de la lucidité. Même sa patience agaçait. Car, comme il ne pouvait pas ignorer leur hostilité, cette patience démontrait de toute évidence qu'il s'en moquait.

— Vous n'avez pas regardé le projet de cour intérieure. J'ai repris l'idée de Jean de cour octogonale (Mathonet eut un petit rire de dérision, vite étouffé), mais avec aussi des balcons d'angle, accessibles à tous et où l'on pourra accrocher toute la lingerie que l'on voudra.

— Tu te rends compte, dans ton budget, de l'augmentation que tu nous imposes avec tous ces balcons ? dit Dardel.

Il se contenait mais on sentait l'exaspération gronder derrière sa barbe :

— Et pourquoi une cour octogonale ?

— Le terrain le permet, dit Jean-Gérard avec une douceur appuyée.

— Fantasme d'un stagiaire ! dit Mathonet en haussant les épaules. Si on parlait sérieusement ?

Jean-Gérard n'avait entendu que le mot « stagiaire » qui le vexait :

— Il n'y a pas de stagiaire ici.

Marc lui posa la main sur l'épaule, et la retira aussitôt craignant un malentendu que Mathonet tentait souvent d'instaurer. Pure méchanceté ?

110

Non. Envie. Car – se croyant plus pragmatique, sinon plus doué que Marc, plus cultivé aussi, il avait lu Boulé, Ledoux, Voirier, Starobinski, Ragon –, pourquoi le bail de l'atelier avait-il été attribué à celui-ci ? ce qui en faisait, qu'on le voulût ou non, une sorte de chef de file de leur petite équipe. A cause de l'oncle, bien sûr. Un sorte de remords tardif – né peut-être du néologisme récent : « brusselisation » – avait flotté au-dessus des ministères, des maisons de la culture, des petits groupes influents, des médias, et amené des réparations souvent maladroites, des restaurations parfois impossibles, des initiatives privées plus heureuses parce qu'une étincelle de passion y subsistait. L'atelier de Bram, dont Marc aurait dû hériter, avait été récupéré à titre de patrimoine national par un gouvernement fugitif, mais l'usage lui en avait été laissé, ainsi qu'à ses amis, sous forme de bail emphytéotique. Les démarches avaient duré, les interventions s'étaient multipliées, pour finalement aboutir à cette cote mal taillée. L'atelier, vaste, pourvu d'une terrasse inutile, se trouvait rue Francart, à côté d'une sucrerie désaffectée qui embaumait encore un bizarre mélange de sucre et de poivre. Le groupe en disposait librement, chacun ayant fourni qui une table à dessin, qui des rangements, des cartons, des chaises extrêmement disparates.

Jean-Gérard trouvait cette incohérence plaisante, et même moderne. Mathonet la maudissait tous les jours. Dardel et Marc n'y prêtaient aucune attention. On avait repeint aux frais de la commune, l'influence du grand-père de Marc ayant survécu à sa disparition.

Aucun de ces jeunes constructeurs n'étant bien riche, l'atelier était mal chauffé. La Pagode avait été classée, mais restait la propriété de Marc. Aussi, innocemment, Jean-Gérard avait-il proposé que le groupe en prît le nom, ce qui avait indigné Mathonet et fait rire Eric Dardel. Marc avait lui-même trouvé que c'était *inopportun*. On pourrait croire qu'ils se réclamaient d'une esthétique dépassée. A vrai dire, ils avaient encore bien peu eu l'occasion de faire preuve d'une originalité quelconque. Seul, Mathonet, à cette époque, était l'auteur d'un projet d'abribus, refusé malheureusement par la société concessionnaire pour la raison assez paradoxale que le confort de l'abri était tel que des SDF ne manqueraient pas de s'y installer à demeure, ce qui n'était pas le but recherché. Mathonet avait été extrêmement déçu par ce refus. Son caractère, déjà difficile, s'était encore aigri et, pour d'obscures raisons, il en voulait à Marc de cet échec. Marc n'y était pour rien, avait même approuvé le projet, mais Mathonet avait l'impression qu'il, Marc, l'avait poussé plus ou moins consciemment dans une impasse. Et voilà qu'il recommençait avec ces idées de balcons, entraînant tout le groupe vers un rejet prévisible. Il l'avait assez répété qu'il s'agissait non de la maison particulière d'un riche bourgeois, mais de logements sociaux. Sociaux ! Un budget tout ce qu'il y a de plus réduit. D'autres le savaient qui préparaient des offres autrement avantageuses que celle de Marc, et sans balcons, eux.

Dardel était faible, en apparence plus attaché à Marc, plus tolérant aussi. Pourquoi pas un étage de balcons (petits) surmontés d'un étage de terrasses (petites). Sans doute le prix de revient serait plus élevé, mais on pouvait soutenir que des considérations esthétiques – le logement devant se situer dans l'agglomération –, et même philanthropiques, pouvaient prévaloir : quel bonheur pour des familles logées jusque-là dans d'insalubres taudis, de posséder un balcon, une terrasse fleurie ! Bonheur qui, dans une bâtisse qui ne devait pas dépasser les quatre étages, pouvait les amener à consentir à une absence d'ascenseur, ce qui serait une sérieuse économie.

— C'est une maison familiale, ce n'est pas une maison de repos ! dit Jean-Gérard.

— Je crois que les locataires, éblouis par cette amélioration qui peut passer pour un luxe, consentiront bien volontiers à monter quelques marches.

— D'ailleurs, dit Marc toujours penché sur le plan mâchuré, ce ne pourrait être gênant qu'au quatrième et dernier étage.

— Et là, nous leur collons des terrasses! dit Jean-Gérard avec enthousiasme.

— Et je suis absolument sûr que, balcons ou terrasses, on y verra plus de pots de géraniums que de caleçons.

Marc ne sourit pas, mais il était touché. Jean-Gérard n'était pas une lumière de l'architecture, peut-être, mais c'était un ami loyal et un assistant tout à fait acceptable. Eric Dardel était plus doué, plus ambitieux; il avait fait un beau mariage avec la fille d'un homme politique, journaliste à ses heures, et qui deviendrait ministre. La jeune femme était de surcroît jolie, aimable. Ils invitaient parfois Marc à dîner, sans Siggi, et sans le précieux futur ministre. Si Marc allait lui faire bonne impression! Ces dîners, tout empesés d'hypocrisie, étaient d'un ennui puissant, mais cela valait mieux encore que l'hostilité déclarée de Mathonet qui décourageait tout le monde, et, en dehors de son abri-bus, n'avait rien imaginé qui eût le moindre intérêt. « Si on pouvait s'en débarrasser! » soupirait Jean-Gérard. Et bien qu'il se gardât d'approuver, Marc pensait de même. Mais comment faire? Ils avaient signé un contrat d'association, et Mathonet, dans les débuts, n'était pas apparu aussi irrémédiablement négatif. Depuis le refus de son projet, le fameux abribus était devenu pour lui une véritable obsession. Il avait alors conçu dans le même esprit (l'esthétique « sofa », disait Jean-Gérard qui se moquait des préoccupations de confort de son associé. Et Dardel riait, il faut bien le reconnaître) un meuble de cuisine intégré à la paroi et dans lequel s'inséraient les chaises quand on ne s'en servait pas. L'objet n'était pas absolument sans intérêt; mais trop massif, avec des courbes mal calculées, il mangeait tout l'espace de la pièce et sa lumière.

— Pour lui, Le Corbusier n'a jamais existé... disait Eric en flattant sa barbe.

— Et Marc? reprenait Mathonet avec fureur. Son projet, c'est une maison de Sauvage. De Sauvage! Et une des premières, rue Vavin, 1912!

Le meuble de cuisine n'ayant pas trouvé de distributeur, son humeur en était devenue plus agressive encore, et on évitait même de lui demander son avis. Mais alors, qu'est-ce qu'il faisait là? Exaspéré, Marc avait laissé échapper un jour : «Bouffon de cour...»

— Ah, oui! Pour nous garder de l'*ubris*, avait ajouté Jean-Gérard.

Eric, jamais en retard quand il s'agissait de montrer que sa culture valait bien celle des autres, précisa :

— Chicot, bouffon de Henri III. Voir Dumas.

Est-ce qu'il avait dit «Henri III» avec une intention? Peut-être pas. On ne sait jamais de qui on peut avoir besoin, ne vexons personne. De toute façon, ni Jean ni Eric ne faisaient

115

jamais la moindre allusion à Siggi. Parfois, quand ça allait tout à fait mal, Marc le regrettait vaguement. Il n'avait personne à qui parler. Même du vivant de son oncle... Trop vieux. Déjà assez vieux, ou le paraissant, au moment de la naissance de Marc. C'est pourquoi, bien après, quand il avait entendu parler par sa grand-mère – une vraie garce, méchante, mais méchante... c'est pourquoi on ne la croyait qu'à moitié – de cette rumeur... Bram aurait été son vrai père, amour d'un jour ou d'une semaine de Jeanne, sa mère, ça l'avait malgré tout gêné pour se confier à lui. Imaginez que le vieillard, à son tour mis en confiance, lui raconte!... Remarquez que c'était bien difficile à croire : Jeanne, l'image d'une élégance cruelle, agressive – ses cheveux même, bouclés serrés, d'un chic impitoyable –, s'abandonnant, fût-ce un instant, dans les bras d'un homme tel que Bram qui n'avait jamais été beau et qui, de surcroît, était son beau-frère. Et si cette chose invraisemblable s'était produite, il aurait fallu que ce fût juste avant le voyage à Mexico. Pourquoi Mexico, d'ailleurs ? Il avait beaucoup de peine à s'imaginer sa mère jeune encore, fantasque (?), proposant à son pauvre père hypocondriaque (à ce qu'on disait, jusqu'à ce qu'il eût triomphalement affirmé par sa mort qu'il n'en était rien) : « Faisons une petite escapade à Mexico, Kobe. » Marc riait tout seul en y pensant, et c'était bien

116

une des seules occasions de rire que lui donnait sa mère. Il y avait bien une fois aussi, où elle l'avait emmené – il devait avoir treize ans – au zoo d'Anvers (il avait un devoir à faire pour l'école sur les suricates) et où elle s'était aperçue, dans le jardin même, qu'il manquait un bouton au chandail qu'elle appelait un cardigan. « Oh ! » et elle avait regardé la place veuve de bouton avec une espèce d'horreur. C'était lui, le jeune garçon, qui avait pensé « veuve de bouton », et il s'était demandé si cette expression de surprise presque horrifiée mêlée d'une pointe d'indignation, elle l'avait eue quand on lui avait appris dans le triste couloir de l'hôpital de Mexico, la mort de son mari. Cette association d'idées lui avait donné envie de rire, et aussi le fait que cette nuance d'indignation réapparaissait quand elle disait à l'un ou l'autre (et devant lui, Marc, et encore aujourd'hui) : « C'est un enfant posthume, vous savez. » Il contenait son rire d'autant plus qu'en même temps il lui venait comme un frisson. L'enfant d'un mort, en somme. Pour juger de l'effet (l'impressionner) il avait dit un jour à Siggi qui lui parlait de sa famille :

— Je suis un enfant posthume.

— Ça veut dire quoi ?

— Que mon père est mort avant ma naissance.

— C'est possible, ça ? avait demandé Siggi, ahuri.

Et, plus tard :

— Mais je croyais que le vieux monsieur...
l'architecte...

Lui aussi avait entendu cette rumeur, ce ragot
qui courait le quartier, renforcé évidemment par
le fait que Bram lui avait légué la Pagode.

— Mon père aussi était architecte, avait dit
Marc avec agacement.

— Ah bon ! C'est de famille, alors !

Siggi riait.

— Ce n'est pas, ajoutait-il, comme la comptabilité. J'ai commencé parce que Christian ne s'en
sortait pas.

Il avait un si beau sourire, Siggi. Généreux,
candide, un crédit ouvert à son interlocuteur, à
la vie. On aurait voulu le prendre en photo-
graphie, l'emporter. Resterait-il intact ? Il persis-
tait peut-être parce qu'il était encore très jeune.
Ou alors il cachait quelque chose, un masque,
un très beau masque, un dessin préraphaélite,
l'énigme cachée sous la pureté des traits. Non
pas que les traits de Siggi... Voilà qu'au beau
milieu de l'atelier, entre Jean-Gérard qui s'affai-
rait, Eric qui classait des dossiers, Mathonet qui
fumait rageusement, peut-être à cause de leur
présence il ne parvenait plus, tout à coup, à
revoir les traits de Siggi. Enfantins ? S'était-il
vraiment dit cela la première fois, la terrible première fois, dans le vernissage d'un architecte de
ses amis qui s'était voulu peintre tout à coup, et

sans bonheur ? Qu'est-ce que Siggi faisait là, d'ailleurs ? Les arts dans leur ensemble, et la peinture en particulier, le laissaient parfaitement froid. En deux ans, Marc ne l'avait jamais vu ouvrir un livre. Il lisait des magazines. Il lisait des magazines d'architecture. Par amour ? Marc avait été tellement submergé, tellement surpris, par ses propres sentiments, qu'il n'avait jamais pu analyser distinctement ceux de Siggi. Quelqu'un qui est toujours – presque toujours – de bonne humeur, allez savoir ! Est-ce qu'il est de bonne humeur parce qu'il est avec vous, ou parce que c'est sa nature ? Ou seulement parce qu'il a vingt-trois ans, pas de soucis à se faire (il gagne sa vie, il vit chez moi, s'il avait besoin de quelque chose son père est là) et qu'il est beau ? Est-ce qu'il est beau ? je ne sais même pas. Il y a deux ans... plus de deux ans... et je ne sais toujours pas. Il y a plus de deux ans que nous vivons ensemble, et c'est toujours terrible.

Il savait quelque chose sur Siggi, tout de même : une sorte d'instinct qu'avait son ami, une finesse presque au niveau de la lecture de pensée, et qui faisait du sourire épanoui, des traits enfantins, une sorte de camouflage, un trompe-l'œil très réussi, très plaisant, mais derrière lequel se cachait une réalité qu'il n'avait pas découverte, qu'il avait peur de découvrir. Ou alors, est-ce que je me fais un roman ?

Siggi était venu une fois le chercher à l'atelier. Une seule fois. « Un gentil garçon », avait dit

Jean-Gérard avec une nuance de réserve. Eric souriait en caressant sa barbe. Mathonet, tout de suite agressif :

— Vous travaillez aussi dans l'architecture? Dans la mode, peut-être?

— Pas du tout. Je suis comptable.

Mathonet ricanait. Siggi n'avait pas eu l'air de s'en apercevoir, seulement il n'était jamais revenu.

— Il vaut mieux que vous restiez entre vous...

Qui était ce « vous »? Les architectes, les intellectuels, les artistes, les bourgeois? La famille de Siggi était plus « bourgeoise » que n'importe qui. Mais enfin, des commerçants. C'est autre chose. D'ailleurs Siggi ne les aimait pas. Son père, pourtant, assez sympathique. Mais qui aimait-il? Voilà! Ça le reprenait, l'angoisse, les questions sans réponse. Stop!

— J'ai une idée de volets; pas de balcons : de volets, dit tout à coup Mathonet qui semblait avoir dominé son humeur. Pour les boutiques du rez-de-chaussée.

Du coup, Siggi était bien loin.

— Des boutiques, quelles boutiques?

Marc avait sursauté; Eric, tout flegmatique qu'il fût, bondit. Jean-Gérard paraissait gêné.

— Oh! j'allais vous en parler, dit Mathonet qui avait pris tout à coup un air de bonne humeur. J'en ai touché deux mots, tout à fait en l'air, à Ferdinand Block (il affectait de prononcer familièrement le nom du ministre), et il a trouvé le projet...

— Parce qu'il y a déjà un projet déposé.

Eric ne se contenait plus. Marc restait frappé de stupeur par les propos de Mathonet – il n'avait jamais été question entre eux de boutiques – et plus encore par le mutisme et la pâleur subite de Jean-Gérard. « Il savait, se dit-il en se contenant avec peine. Il ne s'attendait pas à ce qu'on aborde le sujet aujourd'hui, mais il savait... » Le sentiment de la trahison l'emplit tout entier, âcre, brûlant comme une nausée. Et au même moment, il retrouva le visage de Siggi, si flou tout à l'heure, maintenant d'une précision impitoyable.

— C'est incroyable ! criait Eric dont la voix, dans la colère, tournait à l'aigre. On n'en a jamais parlé et on en était déjà à calculer le budget. Il faudrait tout revoir, tout refaire, autant dire qu'on repartirait de zéro, et toi, tu prends rendez-vous avec Block sans en avertir personne !...

— J'en ai parlé à Jean-Gérard, dit Mathonet que la certitude de nuire éclairait d'une sorte de beauté.

— Enfin, on l'a évoqué comme ça... comme une idée en l'air, murmura Jean-Gérard qui évitait de regarder Marc. Je ne savais pas que tu voyais Block ces jours-ci, sans quoi...

— Sans quoi tu nous aurais prévenus ? Tu savais en tout cas que Marc et moi mettions le plan au net! Et tu parles d'une idée en l'air!... Il y a deux mois qu'on y travaille!

— Marquero et van de Velde, qui travaillent aussi pour le concours, n'ont jamais proposé de boutiques... Il y a un Finlandais sur l'affaire, je le connais depuis sa maison de santé de Knokke, il n'a jamais envisagé de boutiques.

Jean-Gérard, qui était resté immobile, comme pétrifié, intervint d'une voix faible :

— Block n'est pas dans le jury.

— Block est le beau-frère de Savaron, dit Eric qui marchait de long en large, essayait de contrôler son visage crispé, n'y parvenait pas. Et Savaron tient le jury en main pour un tas de raisons...

— On raconte toujours ce genre de chose, dit Jean-Gérard qui se reprenait peu à peu. Le piston, la corruption... Mais il y en a moins qu'on ne le dit. Marc, écoute, ne crois pas... Je n'ai pas pris cela au sérieux. Mais est-ce que l'idée est si mauvaise, au fond? Bien sûr, Eric et toi aviez planché déjà sur le projet! Mais tu remarqueras que Georges n'avait pas été consulté... avait à peine été consulté, et avait bien le droit...

Marc remarqua surtout que Jean-Gérard appelait maintenant Mathonet par son prénom, preuve d'une intimité toute récente. Eric aussi dut le remarquer car il se détourna, revint vers Jean-Gérard, et, ce faisant, se heurta au grand bureau démodé, poussiéreux, qui était là depuis

la jeunesse de Bram van Stockel. Un grand carton à dessin, posé en biais contre l'un des montants, glissa, s'entrouvrit, et sous le souffle de
vent qui venait du vasistas, des feuillets s'envo-
lèrent, jonchant la pièce. Marc et Eric se bais-
sèrent en même temps. Jean-Gérard recula dans
un coin comme pour s'abriter derrière le poêle
éteint. Mathonet ne riait plus. Il avait eu d'abord
comme un mouvement pour ramasser ces papiers
parmi lesquels il y avait des plans. Puis il y avait
renoncé. De toute façon, il n'y avait plus de
secret. Il était, comme on dit dans les romans
d'espionnage, « brûlé ».

La colère d'Eric céda brusquement la place au
fou rire.

— Regarde! (Il tendait une feuille à Marc :) Il
a tout prévu! Les poignées de portes, les bacs à
fleurs, les comptoirs qui seront en kit. Pourquoi
pas des nichoirs à oiseaux? Pourquoi pas des
volets à musique?... Regarde, les chaises encas-
trables on dirait des sièges de water! Oh, Marc!

Il se laissa tomber sur un tabouret, sa belle
barbe secouée par les hoquets de son rire. Marc
n'y résista pas. Ce n'était que le soulagement
d'un instant, mais c'était un soulagement. Il rassemblait les feuilles tombées, jetait un regard, les
tendait à Eric qui les reclassait dans le carton
resté sur ses genoux, et riait de plus belle. Jean-
Gérard se cachait toujours. Mathonet, livide,
essayait de parler et n'y parvenait pas. Puis, brus-

quement, à Marc (il négligeait même de regarder Eric) :

— Tu triomphes. Mais Block, qui a voté contre la loi de janvier quand il a su que tu l'approuvais, que tu en profiterais peut-être, tu penses comme il va te soutenir !

On entendit la voix faible et tremblante de Jean-Gérard, dans son coin :

— Tu vas trop loin, Georges !

Et Eric, brusquement calmé, enfouit son menton dans sa barbe et fixa le plancher sur lequel traînaient encore quelques feuilles et quelques calques. Marc, surpris, cessa de rire lui aussi. Il cherchait quelle loi, en janvier, avait pu s'appliquer aux logements sociaux. L'embarras de Jean-Gérard l'éclaira. Eric, se penchant pour ramasser les derniers dessins qui restaient, s'arrangeait aussi pour cacher son visage.

« Comment se fait-il que je n'y aie pas pensé ? » se demandait Marc, comme frappé par la foudre. « Comment se fait-il que Siggi ne m'en ait pas parlé ? » Et cette brusque douleur, à laquelle il s'attendait si peu, occulta pendant quelques minutes l'indignation, qui vint ensuite. La chaleur de ce mois de juin lui parut augmenter. L'atelier était plein à ras bord d'un silence étouffant, l'air comme épaissi. Mathonet, très rouge, avait ramassé son carton à dessin et y classait les dessins fugitifs. Eric lui tendait les feuillets restants sans rien dire. Qui allait sortir le premier ?

Le 30 janvier 2003, la Chambre des représen-
tants a approuvé le projet ouvrant le mariage
aux personnes du même sexe. Les droits de
filiation et d'adoption ne sont cependant pas
reconnus.

C'est par 91 voix contre 22 et 9 abstentions,
qu'a été voté le projet de loi ouvrant le mariage à
des personnes du même sexe.

Après les Pays-Bas, la Belgique est donc le
deuxième pays à dire oui au mariage homo-
sexuel. Pour le ministre de la Justice, ce projet
répond à une évolution de la société qui
n'accepte plus que le mariage soit interdit à certains en raison de choix sexuels ; le mariage a
perdu son caractère procréatif ; il sert désormais
essentiellement à extérioriser et confirmer la
relation intime existant entre deux personnes.

Il était si égaré encore qu'il se heurta, à deux
pas de la Pagode, à Julia qui, comme Siggi, rapportait toujours trop de comestibles inutiles
dans d'énormes paniers.
— Oh ! pardon ! Permettez-moi...

Il s'empara du panier dont le poids le surprit.
Il n'y avait que quelques mètres à faire.

— Qu'est-ce que vous avez donc là-dedans?
demanda-t-il sans se rendre compte de son
indiscrétion.

Il était comme ivre. Il posa le panier et devint
très pâle. Ils étaient face aux petits bancs qui,
devant les maisons bêtement agglutinées l'une à
l'autre, longeaient l'étang.

— Asseyez-vous, asseyez-vous, supplia Julia.
Vous allez vous trouver mal.

Elle s'assit près de lui et lui prit la main. Marc
haletait légèrement. Elle voulut le distraire, elle
entrouvrit le panier et en tira une large plaque
de céramique brune et jaune, qui portait l'ins-
cription « Résidence Marie-José ».

— On va la poser cet après-midi, dit-elle tristement. C'est bien laid, vous ne trouvez pas?
Votre oncle n'aurait pas aimé. Je lui ai parlé un
jour, peu de temps avant sa mort, et figurez-
vous que lui aussi, il m'a porté mon panier.

— Un rite, dit Marc faiblement.

Il fit un effort :

— Vous avez connu votre grand-père, vous?

— Non.

— C'est dommage. Mais je connais votre
père, M. Chaumette, l'agent immobilier. Nous
avons même failli faire une affaire ensemble, à
Lokeren. Il a été très aimable.

— Je le déteste, dit Julia de cet air de gravité
douce qui l'embellissait encore.

126

Marc sursauta. Il pensait à Siggi, à Bram, il écoutait à peine Julia. Mais cette phrase brutale si doucement dite le réveilla.

— Moi j'aimais beaucoup mon oncle. Je l'admirais et je l'aimais. Il m'a élevé.

— Pourquoi pas votre mère ? demanda Julia, puis elle se rendit compte, rougit, et dit maladroitement « pardon », comme si elle lui avait marché sur le pied.

Il expliqua. Julia ne connaissait pas le mot « posthume », mais elle supposa qu'ayant adoré son mari, son fils peut-être le lui rappelait trop.

— Comme c'est triste !

— Mais vous êtes toujours un peu triste, non ?

— Moi non plus je n'ai pas été élevée par ma mère. Toujours en pension.

Il n'osa pas demander ce qu'était devenue la mère de Julia. Il se sentait moins mal. Si semblable à lui, Julia lui apparaissait comme une sœur, une sœur en solitude. Il attribuait sa mélancolie aux trop fréquentes absences de son mari, à l'indifférence de son père qui se consacrait à cette femme au visage mignard. « Ce lourdaud la trompe, certainement », pensa-t-il en se levant. « Les hommes sont comme cela : ils préfèrent le genre pékinois. »

Et il prenait congé avec une sympathie toute nouvelle, une compassion dont il ne démêlait pas très bien si elle s'adressait à Julia, ou si elle n'était autre que ce doute douloureux, constant, monotone, qui entourait l'image de Siggi absent, comme une aura.

Il se sentait moins mal. Puis ils ne trouvèrent plus rien à se dire. Ils restaient là, l'un devant l'autre, elle presque aussi grande que lui, aussi brune. Julia se reprit la première. Elle se baissa, saisit l'anse du panier, poussa la grande porte en fer forgé lourde et prétentieuse, de la résidence. Elle cherchait une formule d'adieu, peut-être une excuse, un remerciement... n'en trouvait pas. Brusquement, dans un élan vis-à-vis de ce voisin inconnu :

— Ma mère, dit-elle sans le regarder, alors qu'elle était déjà engagée dans le hall, ma mère a vécu au Japon...
et elle disparut.

Du magasin de bonneterie pour enfants Les Petits Princes au bord des étangs d'Ixelles, il n'y a que la grande avenue Louise à traverser (mais cela ne peut se faire qu'en deux ou trois endroits à cause du trafic), et une longue rue droite à descendre. Et là, un peu sur la gauche, on trouvera la maison dite la Pagode que Whistler eût aimée à la fin du XIXe siècle. Mais qui fixera le point de départ d'une promenade dans Bruxelles devant la bonneterie Heller ? Même si, à l'aide d'un gros emprunt, ayant acquis une animalerie en faillite située juste à côté, Christian Heller a agrandi son commerce d'une section « Femmes » qu'il s'évertue à rendre élégante. Non, on ne part pas de là, même si la rue du Bailli dont le magasin fait l'angle présente cette originalité de se terminer par cette église de la Trinité qui se trouvait quelques années plus tôt place de Brouckère, non loin de la rue Neuve, artère très commerçante où elle gênait le commerce et la circulation, et d'où, pierre par pierre dûment numérotées, elle a été transportée et reconstruite, du moins quant à la façade.

Christian, sortant de la porte de la rue du Bailli (la vitrine, consacrée dorénavant à la Femme, avait été baptisée par Simone : Miss Ixelles, et par Siggi, peu enthousiaste : Miss Ficelle), jetait toujours un regard amical à la belle façade XVIIe due à l'architecte Francart. En quelque sorte, en quittant le magasin, il prenait congé de la beauté, de l'architecture, en gros de l'Art qui tenait dans sa vie une si petite place, la place d'une lucarne dans la vie d'un prisonnier qui survit grâce à ce filet d'air insignifiant.

Quand il faisait beau, que les ventes avaient été bonnes (les deux, dans son esprit, étroitement liés), il traversait un peu étourdiment (klaxons, cris, protestations, insultes d'un motocycliste) et descendait jusqu'aux étangs. Il se mettait tout près du bord de façon à n'être

129

aperçu ni de Marc ni de Siggi s'ils sortaient, et il regardait la maison. La Pagode. La maison que Bram van Stockel avait fait construire avec amour, qui, d'abord, avait été considérée comme démodée et même menacée de démolition (on avait évité l'expropriation grâce au beau-père de Kobe), et qui, aujourd'hui, figurait sur les plans, les guides et les cartes postales, et que Marc était même, depuis quelques années, contraint d'ouvrir pour la Journée du Patrimoine. Cette maison était-elle belle ? Différente, oui. Différente même des maisons de cette époque-là.

Les dragons évidemment étaient hideux. Même le vieux Bram devait le savoir. Rien d'authentique. Christian Heller était très loin d'un connaisseur mais il aurait parié qu'ils venaient, ces dragons, de la brocante du Jeu de Balle. Provocation ? Mais le portail, simple et de belles proportions, lui plaisait. Il aurait aimé avoir devant sa propre maison quelque chose de ce genre. Pas asiatique, évidemment, mais qui établît entre l'intérieur et l'extérieur comme une séparation, comme, à la campagne, aux champs il faut une barrière et à la fenêtre un volet. Peut-être valait-il mieux que cette maison n'eût pas de jardin, bien qu'il l'eût entendu déplorer par Siggi plus d'une fois. Dans cet ensemble, faisant face aux étangs, maisons « de maître » frileusement accotées l'une à l'autre, voire jumelées, hautes et étroites, ornées et mesquines, allées et venues de belles voitures, de livreurs, de passants (parfois s'intéressant aux façades et le carnet de croquis à la main), la Pagode semblait séparée par une mince bande de gazon de l'écrasante résidence Marie-José et par un interstice plus mince encore, d'une demeure assez chichement Renaissance, isolée, faisant partie d'un autre monde, d'une autre ville. Et, bien que Christian sache que Marc y vit, que Siggi y demeure, et même qu'une femme de ménage y travaille, la maison lui paraît quand même inhabitée, solitaire. Cela tient peut-être aux fenêtres en façade, étroites et longues, et sur les côtés, larges au contraire; enfin, à gauche surtout, quand on se hasarde sur la bande de gazon, avec une abondance de plantes très vertes – Christian ne peut s'empêcher de penser marijuana. Il en a vu à la télévision et il n'a pu s'empêcher d'en admirer le vert magnifique, de s'interroger sur l'effet. Mais ce sont des pensées comme ses rêves de voyages, de déménagements, comme les questions qu'il se pose sur Siggi qui retombent vite, tiges pleines d'élan, puis, faute d'arrosage, desséchées, grises, molles, mortes.

L'entrée, chez lui, encore que la maison soit de belle taille, est étroite, avare. On ne pourrait lui donner une proportion plus heureuse qu'en supprimant le salon situé immédiatement à gauche, alors que la salle à manger s'étale au fond, sur toute la largeur de la maison.

Un moment dissimulé derrière les arbrisseaux qui bordent l'étang, contemplant par les interstices cette Pagode où vit son fils, Christian Heller connaît de nouveau cette impulsion de la pensée qui l'habite par instants, instants brefs, lumineux, tellement inutiles. Pensées très différentes de celles qu'il a échangées avec Simone le jour où, sans se dissimuler (c'eût été fou), d'un bon pas de passants curieux, inoffensifs, ils ont flâné le long des étangs et scruté la maison : qu'elle a depuis l'époque de sa construction pris de la valeur, que Marc en est l'unique propriétaire et très probablement celui de tous les biens qu'a pu posséder le vieux Bram, qu'il n'est pas marié, fils unique. Peut-être même se sont-ils dit que si Bram qui n'était que l'oncle, pas même le grand-père de Marc, a pu ainsi faire de lui son légataire universel, suivant cet exemple, Marc ne pourrait-il pas... Mais là, ils se sont arrêtés. Marc est encore jeune. Tout peut arriver. Qu'il se marie, qu'il revende la maison. Tout peut arriver, mais Christian (Christian aujourd'hui caché derrière les feuillages) ne croit pas que ces choses arriveront. La Pagode est immuable. L'Etat même l'a compris puisque la maison est classée.

Qui sait si le quartier de l'Europe, une fois terminé, ne sera pas classé aussi ? Christian pense à la réaction de Simone s'il lui proposait de sacrifier le salon. Une vaste entrée, des

plantes grimpantes se rejoignant au plafond ;
des sièges, ou pas de sièges ? Un dallage plutôt qu'un parquet pour marquer la transition,
l'intérieur et l'extérieur... Mais qu'est-ce, rue
Montoyer que *l'intérieur*? Simone, bonne
épouse, bonne cuisinière, bonne tout court...
Oui ?... Non ?... Si, quand même... d'une bonté
passive, casanière. Peu de conversation, peu de
goût. Non pas que Christian en ait tant lui-
même. La preuve : il est incapable de dire si la
Pagode est belle ou laide. Mais ces bibelots pas
chers que Simone achète dans d'invraisem-
blables brocantes avec une patience de fourmi,
et dont, impitoyablement, elle orne étagères,
cheminées, dessertes, commodes, c'est laid ?
Cela il en est presque sûr, à moins que ce ne soit
moins laid parce que c'est une autre Simone,
toute jeune, une personne qu'il ignore qui
remonte comme une épave du fond de l'eau, du
fond d'une jeunesse qu'il a mal connue, d'une
famille tôt disparue qu'il n'a pas connue du tout.
La Bergère et le Ramoneur, les petits danseurs
Louis XV, Laocoon (en tout petit, mais enfin,
comme c'est appétissant dans la salle à manger, ces serpents !), et des Sphinx, des bergers
joueurs de flûte d'époque incertaine, un boule-
dogue en porcelaine, Peter Pan. C'était peut-
être l'intérieur de Simone, sa récréation, le repos
de ses yeux, mais lui se sentait complètement
étranger à ces objets dont, en plus, le lien entre

eux (Peter Pan et Laocoon) et avec Simone lui restait indéchiffrable. Peut-être au fond y avait-il là une énigme intéressante à déchiffrer ? Peut-être un soir, maintenant que Siggi n'était plus là, aurait-il dû s'asseoir avec elle sur le canapé beige, tournant le dos à Laocoon, lui prendre les mains – à Simone, pas à Laocoon – et lui dire :

— Explique-moi.

Petite fille, on lui avait peut-être raconté *La Bergère et le Ramoneur* pour l'endormir ? Plus tard, elle avait pu, au cours de vacances à la campagne, avoir peur d'une couleuvre, et un invité cultivé lui parler de Laocoon ? On pouvait supposer ainsi à l'infini. Ce qui le frappait surtout, c'est qu'aucun de ces « souvenirs » ne se rapportait à la période de leurs fiançailles, n'avait été ramené de leur voyage de noces, ne pouvait éveiller en lui le moindre écho. S'il l'avait aimée, il en aurait été désolé.

Voilà de quoi on rêve derrière les feuillages, devant les dragons si laids (parfois il avait pensé, fugitivement, comme tout ce qu'il pensait, à en voler un pour le rapporter à Simone), mais qui aurait pu être un « souvenir » pour Siggi s'il avait quitté les étangs ; pas pour Simone qui n'avait gardé de Siggi enfant ni vêtements ni jouets, seulement des photos cadenassées dans un album, très gros, en très beau cuir, inexpugnable. On pouvait demander à le feuilleter, bien sûr ! Mais qui irait demander cela ? Les

Heller voyaient peu de gens, et des gens qui ne s'intéressaient pas à Siggi. «Votre fils va toujours bien?», «Mais oui. Il travaille chez Martens, la faïencerie, vous savez?» Ils savaient surtout que ça ne les intéressait en rien, la faïencerie Martens. Ni Siggi. Il se portait bien, il travaillait, qu'en dire d'autre? Un ami bien intentionné ajoutait quelquefois : «Un jour, il reprendra un magasin, le vôtre sans doute?» Sans doute... Et puis on se remettait à parler d'argent, les actions, les placements, l'indice vedette, Solvay, qui progressait, le nickel, la corruption parfois. Evidemment, si Christian avait laissé tomber dans la conversation que Siggi s'était installé à la Pagode, une curiosité bien humaine aurait pris le dessus. Comment? Avec qui? Une location? ou alors avaient-ils, Christian et Simone, eu l'occasion de visiter... On se demande comment meubler ce genre de maison... etc., etc. Mais il n'en parlait pas. Simone aurait été mécontente. Elle ne savait toujours pas si elle était contente de la solution qu'avait trouvée Siggi (dans la maison, il la gênait) ou, au fond, froissée de ce qu'en adoptant cet habitat extravagant, Siggi avait semblé renier les meubles rustico-modernes, les bibelots, les tapis trop neufs. Donc on n'en parlait pas, de la Pagode. Et cela donnait une fausse impression de fâcherie entre les parents et Siggi... Il y avait quelque chose là derrière... une indélicatesse peut-être... Ou alors il buvait, mais il n'en avait pas la mine parce que, tout de même, on l'apercevait quelquefois. Bref, Siggi, ce n'était pas un sujet de conversation. Alors, quand on en avait fini avec la zone euro, le textile chinois et Tech Cominco, leader mondial du zinc, on jouait au bridge devant la traditionnelle brioche.

Cette brioche, pensait Christian, aurait dû être le symbole de l'intérieur, d'une chaleur, comme d'une sécurité ; comme Simone, si banale, si conforme à l'image de la ménagère de cinquante ans, un peu enveloppée mais fraîche encore, aurait dû, à défaut d'un sentiment plus vif, incarner cette sécurité, cet espace clos préservant le silence. Mais le silence et Simone !... Et pire : la sécurité et Simone qui, sur une différence infime de bénéfices du magasin, bâtissait la ruine, la catastrophe, l'hospice, l'expulsion, toute une vie de labeur s'effondrant comme ces bâtiments vétustes que l'on détruit en quelques heures à coups de boulets de fonte ! L'extérieur : le magasin, le trajet jusqu'au magasin, la feuille où Mlle Britt, succédant à Tania, reportait jour après jour les ventes, l'odeur de l'encaustique au miel, agréable jusqu'à l'écœurement, les comptoirs, les trois vendeuses qu'on avait réussi à garder malgré la dureté des temps et qui vieillissaient là, dans l'acajou, de façon visible, la visite d'un représentant, les barboteuses, les smocks, les animaux en peluche disposés çà et là pour appâter les enfants et qui avaient une odeur aussi, une odeur de poussière sèche comme certains vieux cinémas...

Le mardi et le vendredi, Siggi venait, vérifiait les comptes, déduisait les frais. Il aurait pu ne venir qu'une fois par mois, qu'une fois tous les deux mois, mais il venait. Il passait, disait-il. Il souriait et son visage un peu hâlé, ses yeux un peu trop écartés, son large front, son menton bizarrement aigu sous les lèvres sensuelles bien dessinées, ce visage dont les éléments étaient beaux mais étrangement disparates, comme jetés au hasard sur la peau mate, et jusqu'à sa chevelure bouclée, franchement blonde, tranchant avec cette peau brune, ces yeux mordorés. Tout cela, quand Siggi souriait, s'organisait en un beau et simple visage d'où l'énigme et le désordre avaient disparu. Peut-être le savait-il : il souriait souvent.

La maison, la maison de Marc, la maison où vivait Siggi, portait aussi en elle ce désordre apparent ; les fenêtres minces et étroites de la façade, la large baie du côté, la courbure du toit, celle, différente, du portail, le long vitrail du premier qui ne devait pas éclairer beaucoup avec ces fleurs aux teintes sombres, pourpres ou mauve-pivoine ? lotus interprétés ou imaginés, peu reconnaissables en tout cas. Ainsi, parfois, Simone scrutait Siggi et cherchait :

— Ses yeux, est-ce que ça ne viendrait pas de l'oncle René ? En tout cas, son menton, c'est tout à fait ta grand-mère.

— Il ne l'a pas connue !

— Ça ne change rien. Ce sont les gènes. Il y a tout de même une parenté.

Christian se demandait si elle savait ce que sont les gènes. Mais après tout, savait-il, lui, ce que c'était que l'architecture ? Et pourquoi, après avoir passé pendant plusieurs décennies pour démodée, voire ridicule, la Pagode était remontée dans l'estime générale, avait été classée, et figurait sur les cartes postales du quartier ?

Et que savait-il de Siggi, mis à part le menton, les yeux très écartés, les boucles ? Seulement que c'était un élément indispensable de sa vie, un réconfort. Mais n'est-ce pas ce que beaucoup de parents trouvent chez leurs enfants ? Mais non, c'était plus... C'était moins : le réconfort venait justement de ce qu'il ne comprenait pas, comme lui plaisait la maison, belle, laide, il ne savait pas pourquoi elle lui faisait plaisir à voir. Ni pourquoi Siggi, gentil, indifférent, avec son sourire éblouissant sans doute dépourvu de signification, sans doute éblouissant parce que dépourvu de signification, lui faisait plaisir à voir.

Il était tout endolori d'être resté là sans bouger, bêtement, fasciné par la maison des autres, par la vie des autres. Il s'éloigna prudemment. Les rencontrer l'un ou l'autre lui paraîtrait catastrophique. Ils ne comprendraient pas. Comprenait-il lui-même ? En tout cas, il y avait une chose dont il était sûr, c'était de la laideur, proprement hideuse, des deux dragons. Aussi laids, se disait-il avec une sorte de jubilation, que Laocoon sur la cheminée de la salle à manger. Et soudain, rasséréné, il riait tout en traversant la chaussée.

Et les yeux très écartés, d'un beau brun mordoré, les boucles que Siggi faisait couper court parce que c'était plus viril, le menton aigu, le grand front qui ennoblissait tout le visage, avec le polo noir griffé reçu pour son anniversaire et le jean trop étroit qu'il ne quittait pas, tout était là, sur la page en couleur du magazine reçu par la poste. Marc, stupéfait, contemplait l'image.

— Qu'est-ce que c'est ? demanda-t-il aussi calmement qu'il le put. Et, pour éviter qu'un silence ne tombât : Une ressemblance ?

Impossible. Sur la photo qui tenait toute la page, Siggi souriait. Personne ne souriait comme Siggi. Marc s'était assis sur le canapé du palier, évitant d'entrer dans la chambre à coucher. Le palier était assez vaste pour servir de salon. Siggi chevauchait un bras du canapé. Le soleil de juin passant par le vitrail horizontal du toit que Bram appelait le « puits de lumière », les éblouissait par moments. « Puits de lumière, pensa Marc avec une ironie douloureuse, c'est le cas de le dire »... Mais Siggi riait.

139

— Je ne croyais pas que tu lisais ces choses-là. Attends... tu veux te lever un moment ?

Le canapé s'ouvrait comme un coffre, révélant quantité de magazines colorés, entassés en désordre. Marc, debout, regardait Siggi fouiller là-dedans, écarter un feuillet, soulever une couverture, faire un « ah ! » de contentement en découvrant ce qu'il cherchait. Il ne paraissait pas le moins du monde embarrassé. C'était Marc qui ne savait que dire, que faire de ses bras ballants.

— En voilà une qui est bien meilleure. Là, j'avais mis ta chemise russe... mais je l'ai fait laver après. Là, c'est au bord de l'étang, mais de l'autre côté : je ne voulais pas qu'on sache où j'habite. Mais je l'ai regretté à cause des dragons.

Il y avait là, dans ce débarras poussiéreux, dix ou douze magazines. Certains chiffonnés, tirés visiblement sur mauvais papier, d'autres luxueux, qui contenaient des photos de Siggi. Aucune n'était franchement érotique, équivoques seulement, mais la façon dont Siggi les exhibait, les comparait, démontrait une sorte de fierté modeste. Il posa la liasse sur la petite table en laque, referma le canapé fourre-tout, et se rassit en souriant. Marc se rassit aussi, ne sachant que faire. Il avait cru frapper un grand coup en jetant *In and Out* sur la table, mais de toute évidence c'était raté. Sa voix même s'était malgré lui radoucie.

— Pourquoi ne m'en as-tu jamais parlé?

Siggi haussa les épaules.

— Voyons, Marco... par délicatesse...

— Ne m'appelle pas Marco. Je pense que celui qui m'a envoyé ce torchon n'avait pas la même délicatesse!

— Ce n'est pas un torchon! protesta Siggi. C'est une revue où il y a aussi de l'information, des pages spectacles. D'ailleurs, regarde...

Du bout des doigts il cueillait sur la petite table la bande d'expédition de la poste.

— Tu vois? Monsieur S. Heller... C'était pour moi. Remarque, ça m'arrive aussi. Quand le facteur passe et que je suis seul, j'ouvre tout le courrier sans faire attention.

Il l'excusait! Marc sentit monter en lui une vague de fureur.

— Je croyais, dit-il, se maîtrisant à peine, que tu ne voulais pas qu'on connaisse ton adresse?

Pour la première fois Siggi marqua un peu de gêne.

— Je suis obligé, dit-il, de la donner au journal. Pour être payé.

C'était le jour des surprises! Et encore, le mot est faible. La colère de Marc tomba tout d'un coup.

— L'argent?... murmura-t-il. L'argent?

— Ben, dit Siggi, c'est tout de même un peu payé, tu sais. J'ai eu le tuyau par un copain. J'avais besoin... Mais, tu vois, ce sont des photos

141

très correctes. C'est d'ailleurs pour ça que ça ne rapporte pas beaucoup. Je pensais que tu n'aimerais pas... il y a des limites, non ? Ça ne rapporte guère. Je travaille à mi-temps : je suis payé à mi-temps. Les photos, ça m'aide un peu. Et puis ça complète mon mois.

L'argent. Par délicatesse. C'était la honte maintenant qui envahissait Marc. Siggi, bien sûr, payait ses cigarettes, ses vêtements, parfois des alcools, parfois des plats préparés qu'il allait chercher chez le traiteur... des fleurs, des produits d'entretien quand la femme de ménage oubliait. Il était peu rémunéré à la faïencerie. Marc avait supposé – et même y avait-il pensé ? – que ses parents, son père en tout cas, suppléaient à ce qui pouvait lui manquer. Il se souvint de la générosité de Bram, si serré pourtant à la fin de sa vie et lui disant : « Tu n'aurais pas besoin d'une nouvelle veste ? Il me semble que tu portes celle-là depuis bien longtemps. »

Sa mère n'y aurait jamais pensé. Les parents de Siggi non plus, peut-être. Ils s'imaginaient sans doute Siggi défrayé de tout, puisque installé à la Pagode. Il rougit, il tombait de haut. Siggi regroupait les journaux.

— Si tu veux, je peux les jeter, proposa-t-il généreusement. On ne va pas se fâcher pour ça, tout de même.

— Non, dit Marc dont la voix s'étranglait. On ne va pas se fâcher pour ça...

Le petit hôtel dont une partie a brûlé est pourtant toujours debout derrière la gare du Nord, et dans la partie préservée, autrefois l'annexe, transite une population mouvante, surtout des Turcs qui logent là en attendant d'avoir trouvé mieux. De l'autre côté de ce qui a peut-être été un jardin, un mur noirci, deux colonnes qui demeurent, absurdes, un portail ouvrant sur le vide. Par terre, des débris jamais enlevés, deux ou trois arbustes minables, l'ensemble : une ruine, un déchet, comme la femme ensanglantée, les mains et le visage enfumés, qu'on a sortie sur une civière... est-ce elle qui a mis le feu ? Dans le doute, à l'hôpital on a laissé une plante verte dans la chambre. La police interroge sans fièvre sur les indices. Plus tôt dans la soirée, une autre femme a rejoint la première dans la chambre 27, en est ressortie avec un gros paquet de linge (des pansements ?). A-t-elle appelé la police, un médecin ? Ou est-ce le veilleur de nuit, alerté par des gémissements ? Suppositions. Ce qu'on sait, c'est que le lit était plein de sang et la jeune femme restée seule sur le point de mourir d'une hémorragie. Est-ce dans cet état-là qu'on trouve la force de s'arracher à sa couche trempée et de mettre le feu à la chambre triste, meublée d'acajou et tendue de peluche? Et pourquoi? « Parce que l'homme est parti. »

Parce que l'homme avait promis de rester, sûrement, d'attendre que les douleurs s'apaisent, que l'horrible faix soit expulsé. Et l'experte demoiselle qui a bien voulu apporter le secours de son expérience à l'intervention un peu tardive est partie, elle aussi, voyant que cela tournait mal, pendant un bref sommeil de celle qu'on appellera d'abord dans les journaux du temps « l'incendiaire ».

Personne n'est mort dans l'incendie, heureusement, et le fait que l'homme soit parti, abandonnant « lâchement » celle qui avait été une si jolie blonde, égarée, à demi anesthésiée par la charitable avorteuse, a joué en sa faveur aussi. Peut-être a-t-elle voulu simplement allumer une cigarette et l'allumette lui est-elle tombée des mains sur ce tapis de mauvaise qualité qui a pris feu tout de suite? Il n'y a pas de preuves, n'est-ce pas. Et qui sait si ce n'est pas l'homme, pris de panique, qui, en fuyant, aurait abandonné sur la table de nuit, la commode, un mégot mal éteint? Bref, ça a donné, au bout du compte, deux ans de prison ferme. « C'est un solde, a dit l'avocate, toute contente. Le cas n'était guère intéressant, ça a passé comme une lettre à la poste. » Le thème de « l'incendiaire » a fait, si j'ose dire, long feu. Le reste, on en a peu parlé, d'autant que la pauvre femme a été jugée

144

et condamnée sous son nom de jeune fille : Evelyne Berger.

*
* *

— J'ai l'adresse. Il s'appelle Philips, comme la
télé. Si tu veux, je prendrai rendez-vous pour
toi.

Julia tremble. Elle a tant attendu cet instant,
tant posé de questions dont elle appréhendait la
réponse, et là, tout à coup, elle n'aurait, lui
semble-t-il, qu'à tendre la main... « Si je la
retrouve, je divorce », pense-t-elle avec passion.
Puis l'élan retombe. « Mais je ne la retrouverai
pas. Et si je la retrouvais elle ne reviendrait pas.
Je n'aurais jamais dû demander à Tania... »

Tania la regarde. Elle n'a jamais vu Julia dans
cet état de fébrilité. Mais peut-être se cachait-
elle ? Elle a eu, souvent, de brusques besoins de
solitude incompréhensibles, des absences, des
distractions. « Ce n'est rien. J'ai mal à la tête. »
Et c'était peut-être tout simplement le chagrin.

— Si tu veux, dit Tania, j'irai à ta place.

Julia reste stupéfaite. Puis elle rougit, si inten-
sément que cela se voit malgré sa peau mate.
« Comme je l'ai méconnue ! » se dit-elle.

*
* *

— Deux ans c'est beaucoup, dit Tania avec
une vraie compassion. Et pensez, cet homme

qui l'a abandonnée juste au moment où... Vous, évidemment, vous voyez tant de choses de ce genre !

— Mais non, madame. Mais non.

— Un détective privé, tout de même ! dit-elle avec un mélange d'admiration et un rien de répulsion.

Pourtant, le petit homme avait l'air sympathique, ses lunettes à monture d'or posées sur un visage fin et asymétrique.

— Vous êtes trop romanesque, madame. La plupart des détectives privés, du moins dans ce pays, s'occupent d'escroqueries à l'assurance, d'adultères, et qui finissent beaucoup moins tragiquement. Depuis quelques années, nous avons aussi des recherches d'enfants à cause des mariages interraciaux : l'un emmène les enfants ailleurs sous prétexte de vacances, et ne les ramène pas. A nous de les localiser. Mais les plaintes à l'ambassade, la remise en question du droit de garde, ne nous concernent pas. Quant à l'histoire de votre malheureuse amie, c'est une exception, un cas. Mais ne présentant jusqu'ici aucune difficulté. Les archives, les journaux de l'époque, c'est à peine si on peut appeler ça une recherche... Evidemment, si vous souhaitez retracer le parcours de Mme Berger jusqu'à nos jours, là, le travail devient plus intéressant. Mais je vous mets en garde : plus coûteux aussi ! Il peut y avoir des déplacements...

— Et si elle était... décédée ?

— Ce serait notifié, comme le divorce, sur la fiche d'état civil.

Il y eut un silence dans le petit bureau lourdement meublé de chêne cérusé. Un vase contenait des fleurs artificielles. Le petit homme avait une voix douce, musicale même.

— Voyons, que souhaitez-vous exactement, madame ? Savoir où vit votre amie ? La retrouver, après tant d'années, de malheurs ?

— Mais ce n'est pas mon amie !

Elle se sentait ridicule. Elle raconta Julia, son idée fixe, son obsession passionnée, ses pleurs, son dégoût de la vie.

— C'est elle qui est votre amie ?

Tania crut sentir dans la question une allusion sans agressivité.

— Oh, non ! Enfin, si... c'est une amie, mais... c'est la fille de mon ami. Le mari.

Elle ajouta inutilement :

— Je vis avec lui.

— Et il est resté en rapport avec Mme Berger ?

— Non ! Non ! Si vous saviez comme il en parle ! Mais il n'a jamais raconté ce qui s'est passé. Julia n'a jamais su. Elle a toujours cru que sa mère était partie sans explications.

— Et vous aussi, vous l'avez cru ?

Elle baissa la tête car, après l'affreux récit, elle avait pensé tout de suite au manque de confiance de Gérald. Ou peut-être n'avait-il

147

aucun besoin de s'épancher? c'était si inhumain! Ou encore éprouvait-il une sorte de honte
devant les agissements – mais on pourrait dire
aussi devant le malheur – d'Evelyne.

— Si elle a fait ça, dit Tania sans répondre à
la question du petit homme, posée pourtant
avec une grande douceur, c'est qu'elle ne comp-
tait pas quitter son mari?

La demande lui avait coûté un gros effort
mental. Mais il ne lui en fallait aucun pour se
dire que n'importe quelle femme peut faire
croire à un mari aveuglé qu'il est, lui, le responsable de la situation.

— C'est lui qui l'a quittée, évidemment. Le
scandale...

Derrière les montures d'or, le regard d'Ed-
mond Philips reflétait une pitié désabusée : pour
Evelyne, sans doute, mais aussi pour Tania qui
s'agitait sur sa chaise.

— Et... l'homme...?

Elle pensait à cet homme sans courage, qui
avait abandonné sa maîtresse seule, perdant son
sang.

— On ne sait pas qui c'était?

— Elle n'a rien dit, que je sache.

Il ajouta, un peu hors de propos :

— Les femmes sont souvent plus courageuses
que les hommes. Votre démarche le prouve. Je
veux dire : vous pouviez continuer à tout ignorer.

— Et Julia?

— Vous allez lui en parler ?

— Je ne sais pas.

— Et à lui ? Votre ami ?

Elle ne savait pas. Elle était perdue. Jamais elle n'avait imaginé qu'un tel drame avait pu se produire dans la vie de Gérald sans qu'elle fût, tôt ou tard, mise au courant. Et si une indignation spontanée l'avait saisie devant l'image d'Evelyne abandonnée, le rôle de Gérald dans l'affaire la laissait perplexe.

— Puisqu'il a divorcé... dit-elle, assez vaguement.

Il lui sembla voir « Monsieur Philips » se raidir.

— Dans un cas de ce genre, le divorce est quasiment automatique.

— Il faut le demander tout de même, murmura-t-elle.

Elle chiffonnait son foulard dans ses mains crispées.

— Bien entendu. Pour s'abstenir, il aurait fallu que M. Chaumette fût particulièrement chevaleresque. Est-il chevaleresque ?

Tania, prise au dépourvu, éclata de rire. Voilà une chose qu'elle ne s'était jamais demandée.

— Quel joli rire !... Evidemment, s'il était chevaleresque, ou il lui aurait pardonné, ou vous l'auriez épousé.

Elle remarqua qu'il avait dit : « vous l'auriez... », et pas « il vous aurait épousée ». Elle s'aperçut au même moment que M. Philips, bien que n'ayant pas dépassé la cinquantaine, faisait partie de cette catégorie d'hommes démodés qui la trouvaient encore ravissante. Elle en fut réconfortée.

— Je pense que vous souhaitez arrêter les recherches. Savoir où se trouve Mme Berger ne vous avancerait à rien.

— Mais Julia ?

— Il y a si longtemps qu'elle ne l'a pas vue. Elle ne s'est pas manifestée, et votre... votre ami ne l'a pas recherchée.

— Tout de même, dit Tania qui ne savait comment prendre congé, on pourrait dire, d'une certaine façon, qu'elle a fait cela pour lui ! Pour ne pas avoir à le quitter...

Elle oubliait ce qu'elle avait attendu de Gérald. Elle rêvait.

— Il peut y avoir d'autres raisons, dit M. Philips de sa voix douce. Elle avait pu s'apercevoir déjà que l'homme était indigne d'elle, comme il l'a prouvé par la suite...

Tania lui faisait pitié. Si sentimentale, si désintéressée... Elle ne semblait pas avoir beaucoup plus de discernement que la malheureuse Evelyne.

— Il n'y aura pas d'honoraires, reprit-il. C'était à peine une recherche. Vous auriez pu découvrir cela toute seule. (Pauvre femme, non, elle n'aurait pas pu !) Réfléchissez encore. Vous avez mon avis, mais vous n'avez pas à en tenir compte.

150

— J'aurais voulu comprendre...

Il jouait avec son coupe-papier, son stylo.

— On ne peut que supposer, d'après ce que nous savons actuellement. Elle ne souhaitait peut-être pas avoir un autre enfant? Ou alors... c'est un peu tiré par les cheveux, mais tout est possible... le père, je veux dire le responsable, aurait pu être un homme de couleur...

Il avait dit cela parce qu'il fallait bien dire quelque chose. Mettre un point final. Tania devint livide. Mon Dieu! Mon Dieu! Le Japon!

Il fut obligé de lui faire boire un cognac.

Marc réfléchit ou essaie d'y arriver.

Je ne puis quand même pas lui offrir un chèque, c'est impossible, c'est grossier. Peut-être qu'il partirait sur-le-champ! Qu'est-ce qu'il a dit à propos de cette histoire de photos?... qu'il ne m'en parlait pas par délicatesse... Ce n'était pas les photos dont il rougissait : il ne voulait pas me faire prendre conscience de ses besoins d'argent. Mais comment me mettre, au bout de deux ans parfaits, sans heurts, à lui verser une pension? Ce serait un peu comme une insulte. Ce serait comme si je blâmais ces photos qui étaient sa façon à lui de se tirer d'affaire sans rien me demander. C'était chic! C'était désintéressé! Et il espérait évidemment, parce qu'il me considérait comme au-dessus de tout cela, que je ne m'en apercevrais pas...

Mais il avait mis le pouce dans l'engrenage. Bientôt, ceux qui achètent ce genre de magazine le connaîtraient, le réclameraient. C'est lui, c'est l'ami de Marc!... Il serait celui qui vit avec un modèle, un mannequin, un *top model* comme ils disent. Peut-être en arriverait-on à croire (surtout s'il ne décrochait pas l'adjudication) que c'était Siggi qui entretenait la maison.

Je sais que c'est mal... que c'est même bas, mais cette seule idée m'amène au bord de la nausée! Trouver autre chose. Un testament lui léguant la maison, les actions qui me restent de l'oncle Bram, et puis dissoudre l'atelier, le revendre, faire une masse avec tout ça et que tout lui revienne, que tout soit à lui! Oui mais... le lui dire? Un testament se modifie, il pourrait se croire à la merci de mes humeurs... Et puis les droits! Il ne m'est nullement apparenté. L'adopter?

Les ricanements de Mathonet lui reviennent à l'esprit. Votée en février 2003, la loi est applicable depuis quelques jours. Depuis le début de ce mois de juin exactement. L'épouser?... L'EPOUSER!?

Admettre, supposer seulement une chose pareille, met Marc sens dessus dessous. Bien sûr, beaucoup d'amis – et d'ennemis – savent que les deux garçons vivent ensemble. (Ici, il y a dans la pensée de Marc un petit dérapage : savoir est une chose, proclamer est une autre!)

Mais le... le mariage, quoi! Est-ce qu'il n'y a pas une sorte de blasphème là-dedans? Les Américains ont une expression pour cela il me semble : *coming out*, ou quelque chose de ce genre. Mais il ne s'agit pas de mariage. Plutôt d'une sorte d'orgueilleux mea culpa. Le «mariage» – et il sait qu'il y met mentalement des guillemets et il les retire, pour se trouver nu, désemparé, peut-être heureux, devant le mot – serait ce qu'il pourrait faire pour Siggi de plus juste...

O Marc! c'est bien de toi, devant l'élan qui te soulève, le feu tendre qui te brûle, de l'appeler justice!

Le souffle de Siggi qui dort à son côté s'élève et s'abaisse, régulier, paisible. C'est une nuit de juin comme il y en a eu tant d'autres, et pourtant, c'est *cette* nuit de juin.

III

— Comment veux-tu qu'on prenne au sérieux quelqu'un qui habite entre ces deux dragons ? dit Jean-Gérard.

Voilà ! Il vient s'excuser et il commence par se rendre odieux. Il faut reconnaître que ces dragons... mais quoi ! ce sont les dragons de l'oncle Bram. Tout le monde les trouve affreux, d'ailleurs.

Marc a fait entrer Jean-Gérard dans le « jardin d'hiver », c'est-à-dire la longue pièce, juste en face du salon de Julia, qui n'est pas un salon, pas plus que le « jardin d'hiver » n'en est un. Marc s'est dit que les plantes, très verdoyantes en cette fin du mois de juin, l'aideraient à garder un certain détachement. Mais sa rancune, envenimée par des révélations calculées d'Eric, n'a pas disparu.

— Ces dragons ont toujours été là et y resteront, dit-il plus sèchement qu'il ne l'aurait voulu.

Il a choisi d'introduire Jean-Gérard dans le
« jardin d'hiver » pour n'avoir pas à lui offrir à
boire. Le bar est là-haut, sur le vaste palier qu'il
appelle, lui aussi, salon, parce qu'il n'en a pas.
Machinalement, il regarde par la grande baie s'il
voit Julia. Elle est parfois là et, depuis quelque
temps, si elle est en forme, elle lui sourit. Lui, lui
fait un petit geste, à peine esquissé, mais tout de
même un geste.

— Toujours ! dit Jean-Gérard.

Lui aussi est plus agressif qu'il ne le voudrait.
Il a tout intérêt à se réconcilier avec Marc – il
s'est déjà fâché, un jour qu'il avait bu, avec les
ingénieurs de Multitech – et de plus il le désire.
Il aime bien Marc, au fond. Il préfère de loin
Marc, et même les conceptions de Marc, à
Mathonet. Alors pourquoi ne peut-il pas l'aider
sans arrière-pensée ? Et pourquoi l'a-t-il lâché ?
(Il ne pense pas « trahi », mais sans doute Marc
le pense-t-il.) Peut-être à cause des dragons.

— Et la maison n'était pas achevée en 1955,
deux ans avant la charte d'Athènes, au moment
où Le Corbusier, Gropius et les autres étaient
en pleine création. Une pagode ! Et tu vis là-
dedans ! Je ne m'étonne pas que tu veuilles four-
rer des balcons partout !

— Pessac, la cité-modèle, est de 1926, dit
Marc froidement. En 55 Le Corbusier était déjà
dépassé, et Pessac vandalisée par ses habitants
mécontents.

— Ils n'avaient pas de balcons, je suppose...

Ils restent face à face, tous les deux stupéfaits d'une colère qui les dépasse et qui a monté sans qu'ils le veuillent. Marc se reprend le premier.

— Tu ne comprends pas, dit-il. La Pagode – d'ailleurs c'est ridicule de l'appeler comme ça – n'est pas en retard sur son temps, elle est en avance! C'est la révolte de l'architecte-individu, travaillant seul, voyant s'imposer le minimalisme, le fonctionnel, l'inhumain, pour affirmer devant l'argent, les ingénieurs, les épiciers qui se mêlent de spéculation immobilière, son droit au rêve, à l'originalité, qu'elle soit de bon goût ou pas! C'est un mouvement qui se développe dans le monde entier, dans les banlieues, dans les bidonvilles, en Allemagne, aux Etats-Unis, en Amérique latine.

— Le rêve pavillonnaire, dit Jean-Gérard.

Il voulait être compréhensif, il le voulait... et pourtant il n'arrivait pas à surmonter son agacement.

— Pourquoi pas? Bien qu'on ne puisse pas comparer la Pagode à un pavillon de banlieue! On peut ne pas aimer (Marc faisait un effort. Peut-être aurait-il mieux fait, en fin de compte, d'emmener Jean-Gérard là-haut? Un verre d'alcool arrange parfois bien des choses), mais il faut voir ce qu'elle signifie. A son époque, c'était une revendication... une provocation si tu veux! Et quand on a démoli au profit de la spéculation la Maison du Peuple de Horta, qui a protesté?

157

— Evidemment, dit Jean-Gérard.

Il s'assit enfin. Marc souriait, pensant à Bram qu'il avait rarement défendu avec autant de feu et des arguments peut-être hasardeux...

— C'est la maison de la révolte, dit-il avec un peu d'ironie, de l'affirmation de soi contre vents et marées (il prit un petit temps :) c'est ce que sera mon mariage.

— Quoi ? !

Jean-Gérard se dressait, abasourdi.

— Mon mariage, dit Marc avec une infinie douceur. Avec Siggi. Ce n'est pas toi qui m'avais signalé la loi de janvier ? Elle entre en application ce mois-ci, justement.

Jean-Gérard retombait sur son tabouret, dans un silence catastrophé ou admiratif – l'un et l'autre, peut-être. Marc avait le sentiment salutaire de s'être vengé.

— Viens là-haut. Nous allons boire quelque chose.

Jean-Gérard le suivit dans l'escalier, subjugué.

C'était une robe presque neuve, blanche et noire, un imprimé discret très joli, encore que, en général, avec les imprimés il faut être prudent, avait-elle l'habitude de dire. La robe lui allait bien. Elle avait veillé à sa ligne, toujours, résolvant avec bonheur le problème qui consiste à rester jeune sans avoir l'air de le vouloir trop fiévreusement.

Elle était dans sa chambre, la petite bonne encore sortie (pour une fois, Jeanne s'en félicitait). Debout devant une haute psyché à l'ancienne – un legs de famille – elle se regarda de la tête aux pieds avec une sorte de férocité. Puis, avec une apparence de calme, porta les deux mains au col strict de la robe et, d'un seul mouvement qui dénotait sa force cachée, du haut en bas elle la déchira. Puis, comme soulagée, se débarrassant des deux morceaux du vêtement, elle se laissa tomber sur le canapé, vêtue seulement de sa combinaison blanche, frissonna sans le savoir, et dans un souffle : « Le salaud ! » dit-elle à la chambre vide.

Sur la table basse près d'elle, un vase faussement chinois, mais de prix, la tentait encore. Le jeter, le piétiner... mais le bruit, un bruit violent, l'éclatement d'un pneu dans la rue, un volet claquant sous le vent qui se levait, elle se fût évanouie lui semblait-il.

D'un regard égaré, elle cherchait une photo de Marc qu'elle aurait pu déchirer, lentement, par lambeaux, comme la robe. Mais elle n'avait jamais eu de photo de Marc dans sa chambre, même quand il était petit. Son père à elle, grand-père obtus mais dévoué, dans sa chambre encombrée de souvenirs, qui avait déjà une odeur de vieillesse, avait des portraits de Marc bébé, de Marc en premier communiant, de Marc étudiant à l'abbaye de la Cambre, et puis de son gendre, Kobe, « mort si jeune », et de sa femme en vêtements du dimanche, une sorte de pèlerine en fourrure sur les épaules, et des photos de Louise – sœur de Jeanne –, l'air toujours en colère comme si elle prévoyait sa fin, elle aussi prématurée, et des photos de Jeanne : avec sa sœur, sans sa sœur, et des photos du mariage de Jeanne, assez triste aussi puisque Jeanne épousait le veuf. Et même, un comble, des photos de Bram sur un chantier.

« Le salaud ! » dit-elle encore, les dents serrées. Et, cette fois, ce n'est pas à Marc qu'elle pensait (qui l'insultait, la bafouait, allait, avec un projet de *mariage* – si on pouvait appeler ça un mariage ! – la rendre ridicule auprès de tous ses amis), c'était à Bram, qui était la cause de tout, qui n'avait pas eu, comme Kobe, la délicatesse de mourir à temps. Et pourquoi pas à la place de Kobe ? Si c'était cela qui s'était passé, elle aurait encore un mari, elle aurait supporté d'avoir un enfant, et d'ailleurs cet enfant, l'enfant de Kobe, n'aurait jamais eu l'idée saugrenue... Et ce salaud (Bram, pas Marc... du moins pas Marc pour le moment) avait vécu jusqu'à quatre-vingt-dix-sept ans, lui donnant le déplaisir constant, le voyant vieillir, de faire penser chaque fois Jeanne à son âge à elle. Tout ! Tout, chez lui, était odieux.

160

D'ailleurs il lui semble qu'elle a toujours pensé cela. Quand sa sœur Louise s'est mariée, elle a souhaité se marier aussi. Quoi de plus normal ? Le mariage était la seule occasion qui lui serait offerte d'être une fois, une seule, le centre de l'attention. Alors, naturellement, elle a songé à Bram, le frère de son futur beau-frère, et même elle a imaginé le double mariage : les deux frères épousant les deux sœurs, et elle éclipsant Louise qui, bien que plus jolie, plus gaie, et, pourquoi ne pas le dire, plus attirante, ne savait pas s'arranger. On aurait dit la cheftaine d'un groupe scout. Le côté joues roses, socquettes, la jeune fille dont on dit qu'elle a l'air si *sain*. Quelle horreur ! Jeanne lisait les journaux de mode, allait aux défilés pour lesquels sa mère lui donnait des invitations (elle aussi avait l'air *sain* et pourtant elle devait mourir jeune, et Louise aussi). Les jeunes gens auxquels on la présentait – c'était démodé, mais la famille, enfin la mère, était ainsi – lui trouvaient « énormément de classe », mais elle intimidait.

Et puis elle se mit Bram et le double mariage dans la tête. Elle était plus brune que Louise, le visage plus fin, un air d'intelligence et sans cesse d'éveil, de très vive attention à ce qui l'entourait. Et cette attention n'était pas toujours bienveillante ! Allez plaire dans ces conditions !... En tout cas, elle ne plaisait pas particulièrement à Bram. Et lui, elle disait qu'il lui déplaisait : un

161

rebelle, un provocateur, parfois, au contraire, un passéiste, de toute façon sans avenir, sans argent, alors que Kobe se débrouillait comme un chef, exécutant toutes les tâches que l'échevin négligeait; à cinquante ans ce survivant avait déjà l'air d'un vieillard, un camouflage dissimulant derrière une barbe carrée et une expression de sagesse méditative, une paresse abyssale qui lui valait la sympathie de tous. Pas d'ambition, beaucoup de santé, des appétits concrets, il était riche, il mangeait bien, il aimait assez sa femme et sa fille – Louise, bien entendu. Et plus tard, Louise et sa mère, mortes l'une après l'autre d'une complication de la grippe, le malheureux s'attacha en désespoir de cause à son gendre et, plus tard encore, quand Jeanne, ulcérée comme un chasseur qui voit fuir sa proie, eut « raté » Bram et se fut rejetée sur le veuf, le pauvre Marcel Bonnet s'attacha plus encore à l'enfant de ces épousailles qu'il avait, dans le secret de son cœur, désapprouvées.

Sans doute s'était-il dit que l'enfant posthume pouvait bien être d'un autre que Kobe, disparu juste à temps. De Bram, peut-être... il n'avait jamais été dupe de l'antipathie ostentatoire de Jeanne pour cet architecte obscur. Ce à quoi, avant la disparition de cette femme riche et belle qu'il n'avait jamais beaucoup aimée, l'échevin avait répondu (prouvant ainsi que la paresse poussée à son extrême entraîne une qualité, sagesse et même cynisme) : « Ce n'est pas grave, c'est son oncle. »

A peine attristée par la disparition des deux femmes, consolée disait-elle de la mort soudaine de son mari par l'espérance de l'enfant, Jeanne avait porté sa grossesse avec orgueil. *Et voilà, Bram! autant pour toi!* Bram, perdu dans les plans d'une caserne de pompiers du côté d'Audenaarde, pensait à tout autre chose qu'à Jeanne. La mort de son frère et le bref vertige qui avait suivi, les consolations prodiguées à Jeanne et qu'il s'adressait aussi à lui-même, leurs larmes, une étreinte innocente, puis, moins innocente, l'ombre de cette mort qu'ils n'avaient ni l'un ni l'autre prévue, le remords de ne pas l'avoir prévue malgré les gémissements prémonitoires de « l'hypocondriaque », tout se mêlait et leur faisait oublier l'hostilité ancienne, la transformant en une attirance aveugle et folle. L'appartement était vide. Les obsèques avaient eu lieu avec une pompe quasi officielle, à Notre-Dame-du-Sablon. L'échevin, tout à fait dans son élément, accueillait les condoléances et proposait que l'on allât après le cimetière boire un verre, manger un morceau, au café L'Univers dont il avait réservé la salle. Jeanne refusait avec horreur. « Je te raccompagne », disait Bram. Elle remarqua qu'il la tutoyait alors qu'il n'en avait pas l'habitude. Il avait aussi mis son meilleur pardessus pour l'enterrement. Le tutoiement faisait partie des égards qu'on devait à la veuve, et puis il était abasourdi, plus encore que triste. Si ses parents avaient été là, eux qui ironisaient toujours à propos des maladies de Kobe ! Même l'échevin, qui, à présent, pleurait dans sa barbe tout en réussissant à garder l'air jovial. Il faut dire que tous ces deuils... Bram lui-même n'avait jamais cru – ou à peine – à cette fragilité de son frère. Et qui sait si Jeanne... ce qui devait ajouter à un chagrin sincère un remords plus ou moins conscient. « Qui l'aurait cru ! » s'exclamait à intervalles répétés l'échevin. Et encore : On l'aurait cru, si on avait cru le malheureux qui, depuis des années, se plaignait doucement. Mais Jeanne, exceptionnellement sans méchanceté, était d'avis qu'il « s'écoutait », que ça lui ferait le plus grand bien d'être un peu « dans le coup », et l'avait décidé à profiter des réductions offertes à l'échevin pour aller « inspecter » les préparatifs des Jeux Olympiques de Mexico. Sans être une adepte des sports en général, Jeanne savourait l'envie qui l'entourait. « Comment ?... à Mexico !... Comment avez-vous fait ? » Elle préférait l'ignorer, car elle n'avait en son père qu'une confiance mitigée, et, depuis l'enfance, savait qu'une faveur en appelle une autre. Qu'importe ? Le vieux Bonnet se débrouillerait, eux allant à Mexico. Pouvait-elle deviner (peut-être, si elle avait aimé Kobe un peu plus, eu un peu plus d'intuition et de sensibilité, aurait-elle senti le délicat équilibre dans lequel il vivait : un peu cardiaque, un peu diabétique, sujet à des baisses de tension qu'elle appelait de petites déprimes quand ce n'était pas de la mauvaise humeur) qu'elle reviendrait de ce glorieux voyage précédant un cercueil en aluminium qu'on échangerait à l'arrivée contre une plus décente enveloppe en palissandre, qu'elle se retrouverait au cimetière d'Ixelles non loin de la tombe du général Boulanger qu'elle avait toujours haï sans raison – sans autres raisons que celles de Clemenceau qui avait décrété : « Il est mort comme un sous-lieutenant. » Et pourtant, malgré ce mépris de toute sentimentalité qu'elle avait toujours affiché, elle pleurait. Toutes les déceptions de sa vie encore à mi-course semblaient s'accumuler d'un coup. Elle en voulait à son père qui n'était pas ministre (alors qu'il aurait pu, avec un si petit effort... il y avait tant de ministres en Belgique !). Elle en voulait à Kobe, bosseur sans ambition, qui lui avait permis pour tout potage de changer le patronyme peu flatteur de Bonnet prêtant, depuis la pension où elle enrageait déjà, à des associations burlesques : « bonnet de nuit », « bonnet d'âne », pour celui moins ridicule mais sans grandeur de van Stockel que rien n'avait réellement illustré. Sans doute Bram avait-il joui d'une aurore de réputation, vite fanée. Mais ce n'était pas un homme de génie, se répétait Jeanne... pas même un grand architecte. Et pourtant elle avait le sentiment que c'était un grand homme, malencontreusement né hors du siècle, hors du domaine aussi où cette « grandeur » aurait pu s'appliquer. Il avait la monstrueuse simplicité d'un homme qui se sait hors du commun, et en a pris son parti. Seul, son frère arrivait sans peine à briser sa solitude. Il n'y avait pas de secret, des traits de caractère de Bram Kobe n'en partageait qu'un : la simplicité. Cela suffisait. Ils jouaient aux échecs, faisaient en silence des promenades à la campagne, et parfois, ayant courtoisement proposé, à Louise d'abord et plus tard à Jeanne, de les accompagner (ce que ni l'une ni l'autre n'acceptait), ils allaient au concert, partageant cet amour de la musique dont un jour Marc devait à son tour hériter.

Aussi, Bram, à l'enterrement de son frère, pleurait. Pour lui Kobe avait toujours été « le petit frère ». Le voir disparaître avant lui, et si vite, et si loin, l'avait frappé comme d'un coup de tonnerre. Il supposait comme une évidence que Jeanne, tellement plus jeune que son mari, avait subi le même foudroiement. La pitié l'avait envahi, la voyant pâle, accablée comme lui de stupeur plus encore que de chagrin. Il s'était représenté sa solitude à elle qui avait perdu successivement sa mère et sa sœur déjà ; il ne lui restait que l'échevin, un brave homme certes, mais si convivial, si à l'aise dans cette foule qui venait là par devoir mondain si ce n'était pour passer le temps. Ecœurant. De là : « Je te raccompagne. » Et encore : « Je suppose que tu ne désires pas participer à ces beuveries. » Elle s'appuya sur lui. Elle portait une robe noire, très près du corps, un petit chapeau noir seyant. Les fleurs qu'on n'avait pas pu emmener au cimetière – il y en avait trop – embaumaient. Elle lui offrit à boire. Ses mains soignées tremblaient. Il lui enleva la carafe, la servit, puis se servit délicatement. Ils burent en évitant déjà de se regarder. Elle avait, entre les gorgées d'un scotch d'assez mauvaise qualité, de petits sanglots secs, rauques, comme l'aboiement d'un chien. Il mit son bras sur les épaules minces qui cédèrent tout de suite.

Quel soulagement, ces lèvres qui se joignent, si vivantes.

Huit jours durant elle crut avoir triomphé. De Bram ? De la mort ? Elle retrouva même, momentanément adouci, le chagrin refoulé à la mort de sa mère, de sa sœur. Elles s'étaient si mal aimées ! Et à Mexico, au milieu de la joyeuse animation et de l'attente des Jeux, brusquement réapparue, la mort, de nouveau : Kobe, si solide, si rassurant ! Enraciné, sem-

167

blait-il, dans le concret, tombant comme une masse, sans grandeur, rien de spectaculaire, comme on tombe dans l'escalier, comme on trébuche dans la rue sur une épluchure... Un bref moment elle l'avait haï : enfin, quoi, on prévient! Depuis des années il s'y était essayé, le pauvre Kobe. Signalant un rien de tachycardie, un foie douloureux et gonflé, une fatigue qu'aucun sommeil n'apaisait, des migraines, des baisses de tension inexplicables suivies de montées tout aussi mystérieuses. «Le poumon!... Le poumon!...» Et qui, autour de lui, avait jamais pensé à consulter un médecin? Pas même un simple généraliste! Ni sa belle-mère, ni sa première femme, tout occupées l'une et l'autre, allant au concert, achetant des chapeaux... – c'étaient leurs activités principales –, ni son beau-père qui, se voyant débarrassé de la paperasserie de la commune, jugeait de la santé de Kobe au prorata de son efficacité administrative. Ni Bram qui n'avait jamais souffert ni d'un rhume ni d'un mal de dents, ou alors ne s'en était pas aperçu, et tenait les plaintes discrètes mais constantes de son frère pour une manie inoffensive, et, les ayant toujours entendues, ne les entendait plus. Tous ces gens-là, frappés d'effarement devant ce décès qu'on appelait – et pas seulement par courtoisie – une disparition, n'avaient cessé durant la cérémonie de répéter : «On s'y attendait si peu!», sans une seule fois se

dire qu'ils s'y seraient sans doute « attendus »
davantage s'ils l'avaient écouté, s'ils l'avaient
aimé.

Mais qui l'avait aimé, sinon Jeanne, modéré-
ment, mais tout de même un peu : un agréable
compagnon, de caractère égal. Et Bram qui,
avec un affectueux mépris, le considérait comme
une chose à lui. Ils étaient les seuls à ressentir
vis-vis du disparu une ombre de culpabilité. La
brutalité de cette mort ajoutait à leur désarroi.
« Mais, en somme, il n'était pas malade », balbu-
tiait Jeanne, égarée. « Les maladies de ce genre
ça passe souvent inaperçu », murmurait Bram
en essuyant les larmes qui dégoulinaient sur sa
barbe. Il serrait Jeanne dans ses bras de toutes
ses forces, et presque inconsciemment : elle était
vivante, elle, au moins. Plus tard, il ne sut même
plus s'il s'était déshabillé, ni elle. Mais il avait – et
elle aussi sans doute – puisé dans cette pénétra-
tion profonde, lente, silencieuse, comme ano-
nyme, un réconfort qui était une absolution. La
vie leur pardonnait. Dans cet appartement vide,
tout embaumé de fleurs, et parfumé encore de la
cire des bougies qui venaient de s'éteindre, ils
connurent un grand moment d'une paix presque
surnaturelle, comme si le mort s'en allait, prenait congé en les bénissant. Si cela avait duré...
Ah ! si cela avait duré, ce moment qui était la
seule chose qu'ils devaient jamais avoir en
commun. Mais, du rez-de-chaussée, un tumulte

plutôt joyeux monta, leur parvint, les sépara. C'étaient les amis de l'échevin, les employés de l'Hôtel de Ville, quelques clients de Bram, les membres du club de billard dont Kobe faisait partie, et puis de vagues cousins, le patron d'un restaurant où le beau-père et le gendre déjeunaient souvent... et il en arrivait toujours qui s'étaient attardés au café L'Univers, et comme ils avaient bu aux frais de ce brave Bonnet, ne se sentaient pas le droit de le quitter si vite. Quelques bribes de phrases leur parvenaient. On parlait d'Eddy Merckx, des Diables Rouges, du roi Baudouin.

Le temps pour Jeanne de passer par la salle de bains, Bram était descendu. L'absence de la veuve fut mise sur le compte de la prostration. D'ailleurs cela valait mieux : l'atmosphère s'échauffait. On resta là très tard dans la nuit, exorcisant les deuils de la malheureuse famille. Quand tous les invités se furent retirés, l'échevin, se retrouvant dans le silence, rejoignit Jeanne « pour pleurer avec elle ». Elle fit un effort et y réussit, assez maigrement à vrai dire. Mais son père ne s'en rendit pas compte : il était ivre aux trois quarts.

Jeanne attendit huit jours un signe de Bram. A vrai dire, il s'était posé la question assez brièvement. Mais que faire ? S'excuser pour un moment de folie ? Il espéra qu'elle l'avait occulté. Le désespoir, la foule, le remords, et par-dessus tout la stupeur qui les avait frappés expliquait, excusait presque, une réaction instinctive, animale. Il valait mieux feindre d'avoir tout oublié. Il n'allait tout de même pas envoyer des fleurs à une femme dont la maison était pleine de couronnes à banderoles, de corbeilles débordantes de condoléances ! D'ailleurs, il ne l'avait jamais aimée, ou, pour être tout à fait juste, elle ne l'avait jamais intéressé. Il serait tombé des nues s'il s'était douté de la place qu'il occupait dans les rêveries de Jeanne. C'était pourtant, ces chimères, le côté le plus intéressant d'un caractère par ailleurs sec et assez froid : l'attirance qu'elle avait ressentie pour un homme intransigeant, imperméable aux critiques, poursuivant son propre but sans fléchir, n'ayant qu'à demi réussi et n'entretenant visiblement aucune amertume. Il n'était pas riche, son heure de gloire (encore le mot était-il trop fort) était passée : sa fierté le nourrissait. On aurait pu lui appliquer la phrase célèbre du général de Gaulle à Churchill pendant la guerre de 40 : « Je suis trop pauvre pour me courber. » Si Jeanne avait eu un but dans l'existence, elle eût pensé de cette façon. Que pesaient l'opportunisme gentil de Kobe, sa chaleur humaine, sa constante bonne humeur, devant cet homme absorbé par une œuvre chancelante, indifférent aux souffrances des autres comme aux siennes, fascinant par là même ? Une certaine naïveté habite les cyniques, et surtout les plus cyniques. Se croyant capables de tout, ils attribuent à leurs victimes les qualités qu'ils dédaignent : douceur, crédulité, voire sentimentalité un peu niaise. Louise était ainsi, et Kobe. L'échevin se sauvait par sa paresse, une intelligence très moyenne, une sensibilité tout en surface. Il avait cette facilité aux larmes qu'on prête aux courtisans des Valois, des Bourbons, à Louis XIV lui-même, et aussitôt soulagé allait à ses plaisirs. C'était bien le seul trait commun qu'il avait avec Louis XIV, au demeurant. C'était le seul, aussi, qui lui valait, de la part de sa fille, un brin de considération.

Mais l'indifférence de Bram, elle ne s'y attendait pas. Elle le savait, sous ses airs impassibles, passionné, violent peut-être. Ses discussions avec son frère (qui portaient presque toujours sur l'architecture du temps) s'arrêtaient au bord, mais juste au bord, de l'affrontement parce que Kobe lâchait du lest : « Dans une certaine mesure... Sans te donner raison, il y a évidemment un angle sous lequel... » *Oh, Kobe !* pensait Jeanne, silencieuse, qui feignait de faire une patience dans un coin sur la petite table d'acajou, *Oh, Kobe ! Casse-lui la figure !* Bram sentait cette tension sans s'en affecter : c'est normal qu'une femme prenne le parti de son mari, n'est-ce pas ? Il croyait cela, qu'elle prenait le parti de Kobe ! C'était faux... et ce n'était pas faux. Si Kobe avait pu prendre le dessus, une fois, une seule fois! Elle haïssait Bram d'être le plus fort, elle l'aimait aussi pour cela. Ce qui la mettait hors d'elle, c'est que son mari ne se rendait compte de rien, ne se sentait nullement diminué par les concessions qu'il avait faites, et soupirait avec gentillesse : « Ah, ce Bram!... Il faut toujours qu'il cherche la bagarre! Tu vois, je ne serais pas étonné que ce soit pour cela qu'il n'a pas aussi bien réussi qu'il le méritait. » *Et toi, tu trouves que tu as réussi?* Dans ses moments d'indulgence : *Tu as obtenu ce que tu souhaitais, c'est vrai : te caser.* Peut-être que c'est ça, réussir. Obtenir exactement ce qu'on souhaite... Mais Bram, eût-il obtenu la célébrité d'un Niemeyer, n'aurait pas réussi : il aurait voulu plus, toujours plus!

La vision qu'elle avait de Bram, on le voit, était entachée d'un certain romantisme. Aussi, après cette foudre inimaginable tombée sur eux au moment des obsèques, elle attendait. Sa féminité étouffée depuis l'adolescence (ressembler à sa mère, à sa sœur!) se réveillait, fleurissait dans un trouble silencieux, dans un savoir très ancien qui murmurait en elle comme une source à peine audible qu'il fallait attendre, attendre encore, qu'il se passerait quelque chose, qu'une métamorphose toute sa vie attendue se produirait. Elle n'en distinguait pas la forme, elle ne se formulait pas même un souhait. Son deuil, comme le petit voile qu'elle portait et qui, déjà, n'était plus d'usage, l'isolait, lui permettait de cacher ce qui aurait pu devenir un espoir.

Il ne lui fallut pas quinze jours pour le perdre et pour en acquérir un autre, bien à contrecœur – mais on appelle cela aussi un espoir, en général : elle se découvrit enceinte. « Enfant posthume », dit Marcel Bonnet avec philosophie. Pour donner corps à cette présomption d'innocence, elle l'avait annoncé tout de suite. Cet héritier déjà détesté lui procurait un avantage : elle n'était plus tenue d'afficher une tristesse excessive. Il lui donnait aussi le désagrément de voir cousins, cousines, amis, amies, libérés, eux, des airs de componction qu'ils avaient cru bon d'affecter, la féliciter pour cette « grande consolation ». Une cousine passablement bigote voyait là le doigt de Dieu, une récompense céleste pour les soins dont Jeanne était censée avoir, depuis toujours, entouré cet époux égrotant. Nul ne se souvenait des railleries – oh! pas méchantes, mais constantes – dont on abreuvait le malheureux, si fréquentes que quasiment passées en proverbes. Quelqu'un se plaignait-il d'un mal de tête, d'une indisposition un peu vague : « C'est une maladie à la Kobe », disait-on. Et puis, Kobe à peine enterré, le souvenir de ces boutades avait disparu, mais complètement disparu. Kobe avait toujours été un martyr de sa « pauvre santé » et Jeanne, de l'avoir supporté, une sainte.

La sainte se consumait de fureur. Ayant clamé bien haut l'existence de « l'enfant du miracle » – tout juste si elle n'invoquait pas la duchesse de Berry ! –, Jeanne s'attendait au moins à une réaction. Or, fût-ce indifférence, aveuglement ou naïveté, Bram se montrait peu, s'arrangeait pour n'être pas en tête à tête avec elle, et s'alignait, quand on lui parlait de sa belle-sœur, sur le reste de la famille et le thème de la consolation que sa grossesse devait apporter à l'épouse dévouée. Jeanne le haït définitivement. De toute façon, l'attirance qu'elle avait éprouvée pour lui avait toujours été mêlée de répulsion – peut-être même de peur. Au moment où tout le monde parlait de la disparition puis de la réapparition de De Gaulle en France, de l'évacuation de la Sorbonne, où l'échevin s'interrogeait, comme s'il avait eu voix au chapitre, sur la personnalité qui recevrait le prix Nobel de la Paix, au moment où on se demandait si le mouvement déclenché en mai 68 allait s'éteindre ou au contraire se développer jusqu'à bouleverser la pauvre Belgique où les étudiants s'agitaient, Jeanne était doublement malade : d'une gestation difficile et de la croissance parallèle de sa profonde rancune. Elle souffrait, humiliée, diminuée, rejetée, pire encore : inaperçue, transparente. Elle vomissait son corps. Elle vomissait Bram. Elle vomissait l'enfant non encore né, cet enfant qui allait être Marc.

On ne le croirait pas, mais trente ans plus tard elle ressent toujours ce mouvement de répulsion quand elle rencontre Marc à l'improviste. Il a pourtant été un bel enfant, raisonnablement sage, il a fait de bonnes études poussé vers l'architecture par son oncle Bram. Jeanne ne s'y est pas opposée. Elle ne veut s'occuper de rien qui concerne ce garçon; ce serait pour elle comme plonger la main dans un vase contenant des vers ou des serpents.

L'échevin est mort, toujours échevin jamais bourgmestre; elle l'a un peu pleuré tout de même parce que la voilà seule au monde, Marc ne comptant pas. Elle a hérité, et investi aussitôt – c'était son désir – dans une maison de mode qu'elle gère avec compétence et dont elle dessine parfois les modèles. Il arrive qu'on lui dise : «Vous avez un joli coup de crayon, comme votre fils... C'est dans la famille! » Alors Jeanne a un sourire, sans répondre, et si on peut dire qu'un sourire est déplaisant, c'est vraiment un déplaisant sourire.

Quand elle a appris la mort de Bram (à quatre-vingt-dix-sept ans), le sourire a été intérieur. Enfin!... C'était à croire qu'il était immortel! Marc vivait chez son oncle depuis tant d'années, Bram avait coutume de dire qu'il l'avait recueilli. Très aimable, n'est-ce pas?...

Notez qu'il n'avait peut-être jamais su... Pas
voulu savoir... Pas fait ne fût-ce qu'une allusion.
Il était mort. Mais l'humiliation, la sourde
colère, n'étaient pas mortes. C'était comme un
bruit dans la tête de Jeanne, léger mais constant.
Quoi d'étonnant alors à ce que Marc (elle se
chuchotait – mais intérieurement aussi, c'était
plutôt une pensée, mais une pensée sifflante :
« Bâtard ! Sale bâtard ! ») fût devenu ce qu'il
était. Le péché originel. La tache. Ses amis
étaient indulgents, « Les gens sont si méchants !
C'est parce qu'il n'est pas marié... mais son
oncle ne l'était pas non plus, et pourtant on n'a
jamais raconté... » Mais Jeanne était sûre de ce
qu'elle appelait la « perversion » de Marc parce
qu'elle n'avait pas oublié sa propre « perversion ». L'héritage de Marc, l'installation... – ou
enfin !... – de Siggi (Un locataire ! Qui va croire
cela ? Un locataire !) n'avaient fait que la confirmer dans son dégoût. Mais jamais elle n'aurait
pu imaginer ce qu'en juin 2003 elle allait
apprendre par le Père Lacaze. Naturellement,
Marc n'avait pas osé venir lui dire lui-même
cette abomination. Et le Père, qui avait baptisé
l'enfant, lui avait fait faire sa première commu-
nion, et s'était attaché à ce gentil garçon après
avoir essayé de le dissuader (du moins c'est ce
qu'il disait), venait solliciter le pardon de sa
mère et parler de l'évolution des mœurs. Il avait
prononcé le mot de « mariage ». Mariage civil,

bien entendu, l'Eglise désapprouvait, désapprouvait totalement, et Jeanne ne pouvait elle-même, évidemment, que désapprouver. Mais enfin elle était la mère!... elle pouvait peut-être, usant de son influence, faire comprendre à son fils qu'entre un mode de vie – certes blâmable – et sa proclamation sur la place publique, il y avait un monde.

— Mais enfin c'est impossible! C'est une mascarade! Une plaisanterie odieuse!

— Madame, pensez-vous que je me prêterais...

— Mais puisque c'est impossible!

— Très malheureusement, une loi a été votée en janvier, autorisant ce...

— Ce sacrilège! s'exclama Jeanne.
et l'abbé Lacaze ne put, bien qu'il lui donnât raison, s'empêcher de remarquer combien cette voix était désagréable.

— Vous pourriez sans doute lui faire comprendre que, sans modifier tout à fait son existence, il est inopportun d'étaler... que vous en souffririez beaucoup... que vous avez déjà montré une très grande indulgence...

Le pauvre prêtre s'arrêta, épouvanté par le visage soudain bouffi, écarlate, de Mme van Stockel.

— Mais vous êtes fou! Vous êtes devenu fou!

Ses mains se crispaient, déchirant sans le savoir les manchettes de dentelle, puis se tendaient vers le Père Lacaze comme si elle allait le griffer.

— Ah, je comprends, maintenant! La compréhension, l'indulgence... c'est pour cela qu'on vous a retiré la direction de la chorale Saint-Luc! Et le petit Saltari qu'on a renvoyé en plein milieu de l'année scolaire et que ses parents ont inscrit chez les jésuites!... C'est entendu : le scandale a été étouffé, mais enfin on sait très bien de quoi il retourne!... Quand je pense que son oncle lui faisait donner des leçons particulière chez vous! Chez vous!... Drôles de leçons! Et, je le sais par Marguerite Droissart, que vous envoyez votre pauvre vieille maman faire le marché pendant ces leçons-là!

— Madame!... Madame!

— Et vous venez demander mon indulgence! Mon indulgence à moi, sa mère! Mais, des prêtres comme vous, on devrait les excommunier!

— Pourquoi pas les brûler comme sous Philippe II? demanda le Père Lacaze dans une pâle tentative d'ironie.

— Vous voyez! hurla-t-elle. Vous reconnaissez les faits! Vous avez corrompu mon petit Marc, mon fils!

Le Père Lacaze était un homme patient et désabusé, habitué au harcèlement de mégères cultivées et opulentes (les pires!), mais ces insinuations, totalement calomnieuses, proférées

179

sur le ton du glapissement le plus aigu, eurent raison d'années d'une modération triste qui était la forme de la Foi de cet homme profondément bon mais dépourvu d'espoir. Un grand désert qu'aucun amour ne parcourrait jamais. Et pourtant, tout à coup, le simoun se leva. Ce visage sec, crispé, ce sifflement de la voix, cette haine bilieuse qui ne s'adressait pas à lui seulement mais s'étendait à son propre fils, à sa famille, à ses proches, et qu'il découvrait brusquement comme un masque qui tombe, l'exaspéra.

— Je ne suis pas étonné, proféra-t-il, que Marc ait pris les femmes en horreur ! Quand on a une mère pareille !...

et, oubliant la serviette bourrée de tracts qu'il avait cru bon d'apporter, il s'en alla, claquant la porte avec une violence qu'il mit plusieurs semaines à se pardonner.

Jeanne, haletante, virevolta dans la pièce sans s'aviser d'un geste qui correspondît à l'intensité de sa colère, puis, trouvant l'inspiration, porta ses deux mains au col de sa robe et, du haut en bas, la déchira.

Alors, un peu apaisée, elle enfila un peignoir, laissant la robe sur le tapis, et, s'asseyant, les mains encore crispées sur les appuis de son fauteuil, elle réfléchit. Ce n'était pas avec une lavette comme le Père Lacaze qu'on arriverait à quelque chose. « C'est bien malheureux... C'est certainement blâmable... Une mère a quelquefois assez d'influence... », et il soupirait. Il n'avait même pas cherché un moyen de pression qui empêchât Marc de se donner bêtement en spectacle. Bien sûr, Jeanne avait pris soin de lui cacher depuis toujours l'hostilité qu'elle éprouvait vis-à-vis de Marc, et qui venait de plus loin que Marc. Elle n'avait même jamais prononcé le nom de Bram devant l'honnête prêtre, ami de la famille pourtant, et qui attribuait à la vertu un peu rigide de Jeanne l'éloignement qu'elle marquait pour son fils. Cet éloignement, elle en payait aujourd'hui le prix : que le Père Lacaze pût croire, pût imaginer un instant, qu'elle avait sur Marc la moindre influence prouvait sa nullité. Mais alors ?...

Elle se détendit, se domina pour mieux réfléchir. Siggi. Oui, bien entendu, Siggi! Elle l'avait rencontré par hasard dans une exposition, et le jeune garçon, auquel Marc avait très rarement parlé de sa mère, lui avait témoigné un innocent plaisir de la rencontrer, lui avait montré qu'il connaissait sa petite maison de mode, et n'avait pas manqué d'énoncer l'odieux cliché : « Vous avez le même don pour le dessin que Marc, madame van Stockel. C'est de famille, on le sent! »

Elle l'avait revu rarement depuis. Quand il s'était installé chez Marc, il était passé avec lui prendre les rares meubles et les dossiers qui demeuraient encore rue Lannoy. Il n'avait pas de raison de se méfier d'elle, elle le voyait clairement. Elle s'efforçait, autant que ce lui fût possible, d'être elle-même sinon aimable, du moins neutre. Elle parvenait jusqu'à la bienveillance, parfois. Alors? Lui parler?... Mais comment le dissuader de perdre un parti qui ne comprenait pour lui que des avantages? Il faudrait avoir autre chose à lui proposer. La maison de mode que Jeanne avait lancée avec l'héritage de son père marchait bien, avait une excellente réputation. Trop, peut-être? Car elle, voyant dans ce commerce élégant un moyen de se faire des relations qu'elle appâtait par des crédits bien calculés, avait tout de suite placé la barre très haut et de fausses amies disaient : « Avec un chapeau de chez Jeanne V. on peut s'en offrir trois chez Nathan! » C'était faux. Mais enfin, Jeanne cherchait moins le bénéfice que la renommée. « Regardez, c'est un chapeau de chez Jeanne V. » Cette phrase entendue la comblait.

Enfin, la comblait jusqu'à la visite du Père Lacaze qui avait soufflé d'un coup sur son château de cartes. Mais non, ne pas se laisser faire! Qu'est-ce que c'est, au fond, que ce petit Siggi : un bureaucrate, un comptable, que ses parents n'ont même pas réussi à intégrer dans leur malheureuse boutique « vêtements d'enfants »! Ils ont eu beau l'appeler « Les Petits Princes », cela reste de la confection de quartier. Ils s'offrent des cartes avec l'adresse « Avenue Louise », mais

seul un tout petit coin du magasin déborde
sur l'élégante avenue alors que l'entrée (ils y
ont placé deux colonnes! un magasin pour
enfants avec des colonnes!) donne rue du
Bailli – quartier très populaire de Bruxelles –,
non pas mal famée certes, mais populeuse,
abondant en cafés à terrasses où, vers le soir,
des commerçants débordent des rues adja-
centes, parfois sans veste, l'été pourvus de
bretelles, et avec des bandes de petits enfants,
tout petits, à croire qu'on les a loués pour faire
de la figuration. Et ce rayon pour les dames!
Vous savez comment ils l'appellent : « Rayon
pour les Mamans ». Il faut le voir pour le
croire! On se dirait aux Marolles! Tout cela
n'indiquait pas un très haut niveau social.
Riches, peut-être, enfin aisés... mais il faut
voir comment Siggi est habillé! Des efforts,
oui, et parfois le costume n'est pas trop mal
coupé, mais le tissu! Si elle pouvait seulement
passer les doigts dessus elle vous dirait le prix
au mètre!

Elle est calme maintenant, Jeanne. Elle réfléchit. Tel père, tel fils. Si le père refile à Siggi
des costumes de l'année dernière (et il doit les
détester car il ressort l'après-midi en jeans et en
blouson), il doit lui prélever une part de sa mensualité. Il y a des gens qui ont gardé ces mœurs
d'autrefois. On peut en déduire que Siggi
manque d'argent. Lentement, la pensée de
Jeanne se déroule, s'éclaircit. Sans doute Marc

doit l'inviter, lui offrir des vacances, des repas dans des restaurants gastronomiques – mais ça ne doit pas aller beaucoup plus loin. Quoi d'étonnant à ce que Siggi vise plus haut ? Lentement, lentement, la pensée s'éclaircit encore. Si on pouvait le tenter... lui offrir... mais quoi ? Tout ce que Jeanne possède est investi dans les élégantes vitrines de la rue Ravenstein, et le reste paie les frais d'entretien de la maison d'Ixelles où, après tous ces deuils, elle est reine et maîtresse, et tient à le rester. Déjà, refaire les peintures, renouveler les rideaux, pose tout un problème. Quant aux chambres, leurs lourds meubles en palissandre, les portraits d'aïeux qui n'en sont pas (l'échevin était chineur), elle attribue leur pérennité à la piété familiale. Bref, elle « tient son rang », comme dans un roman de Mauriac, mais non sans peine. Et pourtant l'idée est bonne : trouver une monnaie d'échange. L'idée que Siggi, ce comptable (le mot pour Jeanne est plus que péjoratif), puisse être honnête, fier même, ne lui viendrait pas à l'esprit. Donc, trouver la somme.

L'appartement ne manquait pas d'objets de valeur, argenterie, vases de prix et nombreux tableaux, malheureusement trop connus et appréciés des amis pour pouvoir les faire disparaître. Des bruits courraient, qui iraient vite : « Vous avez vu ? Jeanne a vendu son Spilliaert. Elle n'aura pas attendu longtemps après la mort de son pauvre père ! Il adorait ce tableau ! » Non. Impossible. Ses actions étaient entre les mains du notaire Elias. Elles lui appartenaient, bien sûr, et d'ailleurs il n'y en avait pas pour une fortune, mais Elias, curieux comme une fouine, allait s'informer du réemploi, donner des conseils, offrir de s'entremettre. Non. Tout à coup, le souvenir lui revint de quatre petites maisons ouvrières dans le quartier que l'on appelle Etangs Noirs, et dont il serait assez facile de libérer l'une ou l'autre. Deux suffiraient d'ailleurs. L'immobilier montait ces deux dernières années. Et qui s'en apercevrait ? Mais agir avec prudence ! Comment faire comprendre au jeune garçon que Marc ne devrait être prévenu qu'au dernier moment ? Peut-être ne faudrait-il même pas qu'il soit prévenu... les jeunes gens ont des caprices, des foucades, Siggi pouvait très bien avoir rencontré quelqu'un d'autre. Inutile de parler de l'argent.

Ou alors, aux parents ?

Qu'est-ce qu'ils pouvaient bien penser de ce projet absurde, les parents ? Pour l'instant, Siggi vivait en porte-à-faux. Marc ne lui faisait certainement pas payer de loyer, mais est-ce que cela allait plus loin ? Lui, sans qu'on en parlât, avait très bien pu vendre des dessins, des séri-graphies, que Bram avait toujours collectionnés et peu montrés. Dans ce cas-là, pour faire le poids, il faudrait peut-être vendre le lot des quatre maisons. L'idée lui déplaisait car elle avait horreur de se séparer de ce qui lui appartenait. Mais si elle s'y décidait, offrir l'une des maisons ? Ou deux ? On pouvait les faire communiquer facilement. Par ailleurs, Jeanne avait cru comprendre au cours de très brèves conversations avec Siggi qu'il considérait la Pagode comme un véritable chef-d'œuvre. Comment accepterait-il de l'abandonner pour une ou deux maisonnettes qui n'étaient pas sans charme, mais banales, situées dans un quartier dévalué, même s'il en avait la propriété ? Non : les vendre, lui proposer la somme avec laquelle il pourrait faire un beau voyage... ou en parler aux parents pour que Siggi pût, en Angleterre, aux USA, dans quelque école spécialisée, parfaire sa formation. Mais les parents étaient-ils au courant ? Ou le Père Lacaze poursuivait-il son déplaisant message parmi les proches et les amis de Marc et Siggi ? Jeanne aurait bien voulu voir l'accueil reçu par le vieux prêtre rue Montoyer. D'autant plus que ces gens-là étaient peut-être laïques ! Qui sait ? Francs-maçons ? S'indigneraient-ils de la somme offerte ? Autrefois on envoyait au loin les jeunes gens à la conduite scandaleuse. Elle rêva un moment sur les lettres de cachet, le bagne — ces emprisonnements s'appliquant bien entendu à Marc.

Ce fantasme n'était pas né avec le projet de Marc. Il l'avait hantée plus d'une fois quand, passant près des étangs d'Ixelles – le moins souvent possible –, elle avait croisé le vieillard très droit qui, à l'ancienne, soulevait légèrement son chapeau et poursuivait son chemin. Qui sait même s'il la reconnaissait! Depuis qu'elle avait lancé «Jeanne V.», elle se servait à elle-même de mannequin. Elle s'étudiait, elle avait rajeuni de dix ans, elle se faisait faire des mèches blanc-blond dans les cheveux et certains détails dans ses tailleurs-pantalons, vestes courtes façon spencer, jambes fendues jusqu'au mollet et laissant apparaître un collant, bref éclair de couleur vive, attiraient l'œil sans excès, rendant tout de même la marque identifiable.

C'était peut-être cela ? Elle commençait depuis quelques années à être photographiée dans des magazines « people », à un mariage, à un vernissage. Un jour même, dans les Serres royales où se donnait un concert, elle avait consenti à se laisser photographier au bras de « son fils », tout à fait présentable, et d'ailleurs un peu trop londonien. Après : « Comment Bram a-t-il trouvé la photo ? », « Mal cadrée, avait répondu Marc tout à fait innocemment. Les ombres des plantes projettent comme des rides et nous vieillissent. » Notez qu'il avait dit *nous*. Elle ne lui en voulut que plus. Ne parlons pas de Bram : Cayenne, le Masque de Fer, l'estrapade, l'écartèlement... mais quand, quand est-ce qu'il allait mourir ? Il avait dépassé quatre-vingt-dix ans maintenant !

Elle aussi le saluait à peine quand elle le croisait... avec un petit regard de côté tout de même.

Il restait beau.

— Et tu sais ce que je vois, sur la fenêtre du rez-de-chaussée ? Une affiche : « A vendre » ! Chez moi !

— Une blague. Le gamin du quartier à qui tu n'as pas voulu rendre sa balle. Ou tout bêtement le colleur qui s'est trompé de fenêtre. D'ailleurs qu'est-ce que ça peut te faire ? Ce n'est pas un appartement, c'est un débarras.

— Mais c'est à moi... dit Tania, une grosse larme sur la joue.

— Ce n'est jamais qu'une location. Je t'avais bien dit d'acheter ! Au moins, il te resterait un capital.

Acheter ! Et avec quoi, acheter ? Ce n'est pas Gérald qui irait lui acheter un studio. Elle l'entend déjà, avec sa voix trop douce : « Mais ce n'est pas assez bien pour toi, ma chérie. Et aux Etangs Noirs ! Pour te faire agresser ! Si tu tiens à faire un placement, il y a des parkings en pleine ville, pas d'entretien, et en deux ou trois ans – moins peut-être – ton capital a doublé ! » Capital ! Encore ce mot de capital ! Comme s'ils ne savaient pas – au moins Gérald – qu'elle n'avait pas, n'avait jamais eu, et sans doute n'aurait jamais, de capital.

188

Elle les détesta un moment. Julia, et surtout Gérald. Ils représentaient sa sécurité mais aussi – à tout instant – la possibilité de la lui enlever. Longtemps elle n'y avait pas pensé, et puis sa conversation avec Christian quand il avait dit : « Il ne veut peut-être pas t'épouser... » Oui, Christian, « le patron », le père adoptif, il avait dit cela, et sans méchanceté encore. Une supposition... mais il avait presque toujours raison, le patron. Au fond, elle avait plus confiance en lui qu'en Gérald. Quand il avait réduit son personnel, il lui avait laissé le temps de chercher une autre place, lui avait versé une indemnité, l'invitait chez lui de temps en temps, malgré Simone qui maugréait parce que : « Tu lui dis de trouver un emploi, elle a une formation, et au lieu de t'écouter elle se fait entretenir ! Oui, parfaitement ! Tu peux hausser les épaules... entretenir par ce Chaumette ! Si encore elle y travaillait ! Mais non ! La petite, elle, fait visiter, fait des heures de bureau, je ne dirais pas qu'elle se tue au travail mais enfin elle se rend utile... » C'était Julia que Mme Heller appelait « la petite », bien que Julia la dominât d'une bonne tête. Simone n'avait jamais aimé Tania, et la situation fausse où se trouvait son ancienne vendeuse ne lui servait que de prétexte.

Tania s'en souciait peu. On aurait pu même dire qu'elle en était flattée. La mauvaise humeur de Simone soulignait en quelque sorte le traite-

ment de faveur dont elle bénéficiait. Mais :
« C'est peut-être qu'il ne veut pas t'épouser... »
Cette phrase, dite avec pitié, presque avec tendresse, l'avait poignardée. Et aujourd'hui, se
trouvant par hasard devant ce studio où elle
n'allait jamais que pour chercher un objet égaré
ou – mais ceci personne, pas même Julia, ne le
savait – un billet de banque qu'elle cachait, en
cas de besoin, sous le très vieux tapis persan (un
solde), elle avait vu à hauteur du second de la
petite maison cet invraisemblable écriteau « A
vendre » qui lui avait fait battre le cœur. Elle
n'avait pas osé entrer chez elle. D'ailleurs où
était-ce, chez elle ? Elle était restée là, sa clef à la
main, un grand moment. Et puis elle s'était mise
à courir, avait attrapé le premier bus venu, était
descendue n'importe où, et avait couru encore
jusque chez Julia.

Julia sentit qu'elle avait dit un mot maladroit.
S'il y avait un sujet sur lequel elle n'eût voulu
pour rien au monde blesser Tania, c'était sur
ces questions d'argent. Elle estimait d'ailleurs
que son père se comportait, vis-à-vis de Tania
comme de bien d'autres, avec mesquinerie. Fred
n'était pas d'accord. Bien qu'il jugeât Tania
« potable », son oisiveté, sa frivolité, le cho-
quaient. « Une fainéante, une parasite ».

— *Un* parasite, rectifiait Julia par souci
grammatical.

— Ah! Tu n'es pas féministe toi.

Elle ne savait pas. Au fond, si elle blâmait et méprisait Gérald, elle n'approuvait pas totalement l'insouciance de Tania, et en craignait les résultats.

— Tu pourrais trouver une autre location. Si tu demandais à Papa ? En spécifiant que tu la paieras toi-même, que c'est pour ne pas encombrer chez lui.

Tania éclata en sanglots.

— Mais c'est qu'il ne sait pas, chérie !

— Il ne sait pas quoi ?

— Il ne sait pas que j'ai gardé le bail.

C'était toujours difficile de démêler les raisons de Tania – ce n'étaient pas des raisons, c'étaient des impulsions absurdes, qu'elle-même ne pouvait pas justifier. Pourtant, après s'être mouchée plusieurs fois, elle sembla reprendre son calme – un calme un peu théâtral – et elle dit brièvement, ce qui ne lui ressemblait pas :

— Je l'ai gardé en cas.

— En cas ?

Julia ne comprit pas d'abord, puis, au silence hoquetant de Tania, comprit et l'embrassa.

— Voyons, comment peux-tu imaginer une chose pareille ? Si jamais il voulait... enfin, s'il voulait rester seul, il te trouverait quelque chose. Ou Fred. Ils ne sont pas dans l'immobilier pour rien. Même moi, je pourrais... Mais c'est une idée folle, je ne comprends pas comment elle t'est venue ; vous vous êtes disputés ? Il a rencontré quelqu'un d'autre ? C'est la première fois que tu me parles de cela.

— C'est à cause de la vente, si je me retrouvais sans rien, tu te rends compte !

Elle se remit à pleurer, se noyant à moitié dans les mouchoirs en papier.

— Mais il n'y a aucune raison, voyons ! Ou alors tu ne me dis pas tout. Viens dans la cuisine, on va boire quelque chose. J'ai des sodas tout frais.

Mais l'intimité de la cuisine où elles avaient si souvent échangé des confidences acheva de briser Tania. Sa visite chez Philips, le mélancolique pronostic de Christian, le choc soudain, devant la petite maison, de l'écriteau, menaçant présage qui s'ajoutait aux autres, avaient eu raison d'une longue et savoureuse insouciance. Plus jamais elle ne se sentirait tout à fait chez elle place Stéphanie, plus jamais elle ne ferait des courses inutiles, flânant, chantonnant, dépensant plus qu'il n'était raisonnable, ce qui ajoutait à son plaisir. Une menace indistincte planerait au-dessus d'elle, oppressante comme ces orages qui n'éclatent pas.

— Donne-moi quelque chose de fort, murmura-t-elle.

Julia vit que c'était sérieux et sortit le cognac. Mais la seule vue de la bouteille étoilée rappela à Tania, éperdue, sa visite chez le détective, l'affreux récit sans conclusion, la bonté du petit homme et ses conseils – pourquoi tout le monde lui donnait-il des conseils comme à une enfant perdue, et qu'était-elle d'autre, et qu'allait-elle devenir ? Quel autre recours, quelle autre amie avait-elle que Julia ? Elle essaya de boire une gorgée, n'y parvint pas.

— Julia, dit-elle au prix d'un effort dont elle n'avait pas l'habitude, elle n'est pas morte. Ta mère.

Et toute l'affreuse histoire se déroula pendant qu'elle reprenait des forces, baissant les yeux devant le visage figé et livide de Julia. Enfin, elle s'arrêta, soupira, et regarda son amie. Le beau visage sévère de Julia s'était éclairé, ses mains enserrant le verre sans qu'elle le bût, et elle dit en regardant Tania avec une infinie gratitude :

— Elle ne m'a pas abandonnée. Oh ! Tania ! Elle ne m'a pas abandonnée !

Et Tania oubliant un instant son angoisse, s'oubliant elle-même, s'était mise elle aussi à sourire et ressentit un paradoxal moment de bonheur.

Marc : — Il faut encore que vous la retrouviez. Le monde est grand. Elle ne vit pas vraiment au Japon ?

— Oh ! non. Du moins je ne crois pas. C'est mon père...

— Il fallait bien qu'il dise quelque chose. Quelle terrible histoire ! Et en même temps, je vous envierais presque : il y a quelque chose que vous attendez, que vous souhaitez.

— Mais je ne l'ai pas, je ne l'aurai jamais.

— Qui sait ?

Ils sont assis sur les tabourets blancs, assez inconfortables, du jardin d'hiver, qui ne mérite pas son nom en cette fin éblouissante du mois de juin.

— Vous au moins, vous avez Siggi, vous avez votre mère...

— Elle est si peu mère. C'est à peine si je la connais.

Il verse délicatement un verre de xérès à Julia. Depuis quelque temps il a installé une sorte de minibar au milieu des longues tiges de bambous et des fleurs blanches en pleine floraison. Il a l'air triste, et Julia ressent un de ces brusques élans de compassion qui par moments la traversent, lui rappellent qu'elle est vivante.

— Je crois qu'elle a des ennuis en ce moment. Vous pourriez peut-être l'aider ? Cela vous rapprocherait.

— Quel genre d'ennui ?

— D'argent, je pense. Elle veut vendre l'une ou plusieurs de ses petites maisons des Etangs Noirs. Tania en loue une depuis longtemps.

— Ma mère veut vendre ?

194

— Oui, Tania a vu l'affiche, il y a deux jours. La maison n'est d'ailleurs pas en très bon état, il paraît.

— J'irai jeter un coup d'œil un de ces jours. Vous m'accompagneriez ?

— Mais oui, bien sûr.

« J'ai deux amis maintenant », pensait Julia, et elle reprenait courage.

* *

— C'est petit.

— Je croyais qu'il y avait quatre maisons.

— C'est plutôt trois et demie. La dernière n'a pas d'étage. Mais en la faisant communiquer avec l'avant-dernière, on en ferait une cuisine-salle à manger pas mal. Naturellement il faudrait les vendre d'un bloc.

— Oh! soupira Eddy, le cadastre !

Julia avait accompagné la bande de l'atelier parce qu'éventuellement elle aurait aimé se charger de la vente. Eddy avait suivi par désœuvrement, et parce que, conducteur de travaux pour ces logements sociaux toujours en suspens, il ne voyait pas pourquoi il ne participerait pas à une affaire beaucoup moins importante mais plus facile à régler.

— Tu ne m'avais jamais dit que ta mère avait ça !

— Elle est comme un écureuil qui cache ses noisettes, dit Marc avec bonne humeur. Je ne

195

serais pas étonné qu'elle ait encore un petit terrain par-ci, un loft ou une participation dans un immeuble par-là. Ce qu'on appelle en flamand un *pongse*.

— Quoi? demanda Julia qui souriait dans le vide et pensait à autre chose.

— Une petite réserve. Mais elle doit avoir besoin d'argent puisqu'elle veut vendre. Il y a peut-être une crise des chapeaux mais je vais lui proposer de faire une restauration à petit prix; je crois que ces maisonnettes en valent la peine, et elle les vendra mieux.

— Et Tania? dit-elle timidement.

Depuis quelque temps ses rapports avec Marc étaient devenus plus personnels, il avait été jusqu'à lui parler de son projet de mariage, dont il n'avait pas encore épuisé toute la joie. Marc sembla se rembrunir.

— Je n'ai pas encore pu en parler à ma mère. Je crains qu'elle ne soit pas très bien disposée. Et puis c'est une de ces personnes qui feront des économies sur des détails, et tout à coup des dépenses inutiles. Enfin, comme elle ne s'est jamais occupée de moi, je suppose qu'elle me considérait comme un détail.

Eddy n'écoutait pas et prenait des notes sur un petit carnet. Eric observait le toit.

— Tu sais, si on supprimait cet étage de greniers qui sont vraiment très bas, on pourrait le remplacer par une jolie terrasse, commune aux

196

trois premières maisons. Et la quatrième, comme tu disais, pourrait servir de prolongement – cuisine, chambre d'amis – au rez-de-chaussée. Cela valoriserait l'ensemble. Vous ne croyez pas Julia ?

Julia rougit, heureuse. Elle sans amis, elle solitaire, elle ayant fait le mariage le plus banal et le plus ennuyeux, non seulement avait réussi à entamer avec Marc, son voisin, l'habitant de la Pagode, un dialogue qui progressait, mais encore elle était là comme une personne compétente, dont l'avis avait du prix, et Eric, qu'elle n'avait jamais vu avant ce jour, l'appelait cordialement « Julia ».

— Cela vous obligerait à repeindre, dit-elle. (Elle n'avait pas grand-peine à prendre un air sérieux, son type de beauté s'y prêtait.) Et moi j'aime assez ces briques qui ont bien vieilli, ce rouge bordeaux...

— Ça se défend, convint Eric. Mais les portes sont affreuses. Plus récentes, je suppose, Marc ?

— Oui, il faudrait les refaire. Et même les repenser. Par contre, regarde par les fenêtres du rez-de-chaussée, les planchers sont en très bon état. Une fois poncés...

— Tu ne verrais pas un vrai parquet ? Au fond il y a une jolie cheminée, regarde. Avec un parquet ça ferait très classe.

— J'ai horreur de cette façon de parler. « Très classe » ! Ce sont les agents immobiliers qui emploient ce jargon.

— Merci, dit Julia.

Elle avait vu la bonne humeur de Marc s'évaporer au moment où on avait parlé de sa mère.

— Oh! Je ne disais pas cela pour vous! Je pensais seulement que nos projets sont un peu prématurés, parce que ma mère m'a paru assez réticente.

Le mot était faible. Mais raconter la scène lamentable qui avait eu lieu huit jours plus tôt, non, pas même à Julia. Elle avait laissé Marc, cette scène, plus pensif que chagriné. Le chagrin viendrait plus tard – la découverte non seulement de la hargne de Jeanne, subitement dévoilée, mais encore de sa propre indifférence à cette agressivité. Il n'en est pas moins venu voir les petites maisons, il n'en présentera pas moins un projet chiffré à sa mère – sans beaucoup d'espoir, mais avec une sorte de curiosité perplexe; bien sûr, il s'est demandé parfois pourquoi, si jeune, on l'a confié à Bram, déjà vieux.

— Qui t'a parlé de ces maisons? a-t-elle dit presque brutalement.

— Mais... je l'ai toujours su, avait répondu Marc surpris. Ce n'est pas un secret de famille n'est-ce pas? C'est peut-être l'oncle, je ne me souviens pas.

— Tu n'avais pas le droit de le savoir. Ce sont mes affaires, pas les tiennes. Alors, ton idée de restauration c'est un prétexte, n'est-ce pas? Tu veux me faire un procès?

Marc tombait des nues.

— Un procès? Mais pourquoi?

— Pour la succession de ton père. Il y a long-temps que j'attends ça. Comme si tu n'avais pas déjà hérité de ton oncle? Ça ne te suffit pas? Je vois bien ce qui te pousse, et qui t'y pousse. Je suis au courant de tout, j'ai vu l'abbé Lacaze qui est venu me mettre au courant, comme un imbécile qu'il est; je l'ai d'ailleurs jeté à la porte, je ne crois pas qu'il ose remettre les pieds ici; s'il le faisait, je le dénoncerais à l'Evêché. Un prêtre, un prêtre catholique qui vient plaider ta cause! C'est un comble!

Elle étouffait littéralement d'une fureur qu'elle essayait en vain de contenir. Marc crut com-prendre au seul nom du pauvre Père Lacaze qui les aimait bien. C'était le projet de mariage, et non les propositions architecturales de Marc, qui indignait Jeanne van Stockel. Mais à ce point? Aucun effort de discussion, de compré-hension, pas même de dissuasion? La haine pure? Mais elle ne datait pas, cette haine qui se lisait sur le visage convulsé, de la semaine passée!

C'était le moment, cent fois remis, cent fois repoussé, de se demander encore une fois, de lui demander peut-être : «Pourquoi?» Etait-ce mon père, était-ce mon oncle? Lequel détestait-elle, ou aimait-elle à sa façon farouche et secrète? Mais chaque fois qu'il trouve le courage et aussi la façon de formuler la douloureuse question, un doute pire encore l'envahit : n'est-ce pas lui, Marc, qu'elle ne peut pas supporter ? Et y a-t-il même un pourquoi ? Un enfant posthume... Le tient-elle d'une certaine façon pour responsable de la mort de son père ? C'est plutôt le contraire, en général : une mère morte en couches étend sur le nouveau-né une ombre pitoyable et maléfique.

Parfois il incrimine l'architecture : sans être absolument une célébrité, c'est tout de même grâce à Bram que le nom de van Stockel est connu. Prononcez-le, on vous répondra : « Ah, oui ! L'architecte ! » Et le trajet de cette notoriété a été lui aussi classique : porté aux nues – un peu excessivement –, puis décrié, démodé, objet même de plaisanterie, et, lentement, remonté à la surface brillante, mouvante aussi, de la renommée dont un petit pays a tant besoin, Marc a entendu plus d'une fois dire à sa mère : « Van Stockel ?... Vous êtes la veuve de l'architecte ? », et elle, le visage crispé, comme tout à coup desséché : « Sa belle-sœur ». Et Marc a cru voir sur ce visage ingrat, qui ne lui sourit jamais, une flamme brève de douleur toute fraîche, impossible à déchiffrer. Pense-t-elle à Kobe qu'elle aimait peut-être, qui, bien que d'autres l'aimassent aussi, était malgré tout sous-estimé : toujours le frère de son frère, le gendre de son beau-père qui lui attribuait les travaux les plus lucratifs de la commune avec l'accord tacite de ses amis à lui, et des ennemis de Bram qui n'en manquait pas, qui ne lui eussent même pas confié à retaper le préau d'une école. Ainsi Kobe avait été, sinon riche, du moins confortablement installé, et Bram presque pauvre, les ressources qui lui venaient étant immédiatement absorbées par les embellissements de la Pagode.

Là encore la situation se retournait au fur et à mesure des années et de l'obstination que Bram mettait à vivre. Le minimalisme soulevait moins d'enthousiasme, les travaux autrefois réalisés par Bram et longtemps dédaignés – au point qu'on en avait détruit une partie – reprenaient leur place dans la ville, y semblaient mieux insérés. Et la pauvreté même de Bram, preuve en somme de son intégrité, de sa générosité aussi puisqu'il avait élevé entièrement à ses frais son neveu pendant que « la veuve » faisait de gros bénéfices (que la malveillance grossissait encore), l'auréolait, en faisait le type de l'artiste désintéressé, absorbé par sa création.

De cette création – ou de ce qu'il en restait –, on pouvait penser ce qu'on voulait : l'archétype était là, nullement injustifié : Bram était pauvre, il était généreux, absorbé par sa création, ne s'agît-il que d'un parking d'hôpital. Il avait élevé son neveu. Là encore une question se posait, jamais résolue. Une femme, une veuve, non entièrement dépourvue et, bientôt, par la mort

de son père héritière de tous les biens de cette
famille décimée, reste seule avec un enfant posthume, un petit garçon qui devrait être sa seule
consolation, et elle le confie à un beau-frère
pour lequel elle ne semble jamais avoir nourri ni
estime ni amitié. Elle venait voir l'enfant comme
s'il avait été en pension. Il avait cru comprendre
d'une discussion très froide entre Bram et sa
mère qu'elle avait offert de lui verser une alloca-
tion, qu'il avait refusée. La Pagode n'était pas
terminée à ce moment-là. Bram et son neveu
dormaient, cuisinaient, travaillaient au rez-de-
chaussée, puis, montant d'un demi-étage, installèrent le « jardin intérieur ».

La maison continua à grandir, pivotant, tour-
noyant, créant des angles et des courbes... de
temps en temps abandonnée quelques semaines
par l'architecte qui s'en allait achever un haras
en rêvant aux travaux de Ledoux – ce qui était
assez loin du Japon. Mais il y revenait. Quand il
eut conçu le puits de lumière qui éclairait tout
l'escalier et le petit salon suspendu dominant
l'étroite demeure, ils allèrent – Bram et Marc
adolescent – voir des vitraux. Ils en dessinèrent.
Ils visitaient des églises, des écoles, des sanato-
riums, lui toujours plus vieux mais aussi droit,
lisant sans lunettes, marchant sans canne, parfois la main appuyée sur l'épaule de Marc. Et les
gens s'attendrissaient : « C'est son grand-père...
il a près de cent ans. »

Et jusqu'à la fin, il avait toujours montré à son neveu une véritable tendresse, une attention parfois interrompue par des rêveries que l'enfant respectait, mais dont l'architecte revenait comme d'un voyage, et dont il essayait maladroitement de rendre compte au petit Marc. « Ce sont des colonnes, mais des colonnes carrées, plutôt des piliers, disposées en demi-cercle pour former un amphithéâtre, et le haut de ces piliers est composé d'une très fine bande en bas-relief. » « Ce serait mieux, disait l'adolescent, avec des statues, comme des cariatides, mais à l'envers. » Bram n'ironisait pas. Du reste l'ironie n'était pas son fort. « Nous ne sommes pas dans une époque où ça va très fort pour les statues. Un monument, oui. Mais en façade... » « Sur les gares », avait dit Marc qui était allé à Anvers pour voir le zoo et les bateaux, mais avait surtout admiré la gare, ses tourelles, ses niches byzantines, ses fausses fenêtres et ses vrais balcons, donnant sur de petits bureaux mystérieux. L'immense horloge, abritée par un semblant de temple hindou (en réalité l'agrandissement d'une horloge comtoise), était encadrée de vastes courbes de métal, de verre, de figures géométriques en plâtre, et d'indéchiffrables vitraux que Marc tenta maintes fois de dénombrer, sans jamais y parvenir. Pendant que Bram prenait un café dans la buvette dédorée (la restauration vint plus tard), Marc montait et descendait l'escalier monumental, orné de sphères de marbre qui évoquaient des boules de bowling, visitait des loges peu profondes mais hautes comme celles de l'Opéra, et, franchissant un passage obscur, admirait un plafond à caissons vert et or qui, de la façon la plus inattendue, ouvrait tout à coup sur les quais et le grondement des trains lents et magnifiques qui allaient, à quelques mètres de ces splendeurs, s'arrêter.

— Tu vois, avait dit Bram touché par la joie de l'adolescent, plus tard tu pourras bâtir des gares !

Et tant d'années après, jamais il n'avait eu l'occasion de bâtir une gare (le prestige de ces bâtiments avait bien diminué), mais encore il lui fallait implorer sa mère dont l'hostilité se dévoilait tout à coup, pour aménager, pas même démolir, une série de petites maisons ouvrières.

— Je vois que ma proposition ne vous intéresse pas, avait-il dit, évitant pour l'instant de défendre le Père Lacaze.

Puisqu'elle était au courant, il était inutile de reprendre une nouvelle aussi mal accueillie.

Jeanne avait eu un éclat de rire, manifestation encore de sa colère, mais aussi (c'est un éclat de rire brusque, aigu, comme un cri de perroquet) d'une idée brève et folle qui un moment l'a traversée : consentir à l'offre de Marc, et, avec l'argent ainsi grossi qu'elle retirerait de la vente

des maisons aménagées, « désintéresser le jeune
voyou », c'est ainsi qu'elle pense. Un bref instant, car le projet est irréalisable. Le temps de la
restauration, Marc saurait tout. Mais ce à quoi
elle n'a pas pensé, c'est que ce jeune Heller (elle
en sait plus qu'il n'y paraît) puisse ne pas être
« achetable ». Ces gens-là, sa famille, ce sont
des commerçants, des marchands. Evidemment
Kobe – mais enfin, fonctionnaire. Et Bram...
mais elle s'interdit de penser à Bram. Si elle
avait pu le voir devant elle, frappé de stupeur
comme l'était Marc. S'il ne savait pas encore le
déplaisir qu'elle avait à le voir, eh bien maintenant il le sait. Elle s'est contenue jusque-là, se
heurtant à la tranquille et distraite bienveillance
qui était le fond du caractère de Marc, un reflet
peut-être de son éducation. Ne pas y penser.
Mais enfin Bram (après, je n'y pense plus, plus
jamais) était un créateur. Marc lui-même... Et
Marc est aussi légèrement influencé par sa mère,
bien qu'il la voie si rarement ; et s'il avait l'habitude des examens de conscience, peut-être trou-
verait-il en lui un certain dédain pour la famille
Heller (la brioche, Laocoon sur la cheminée,
Simone qui s'habille à la Redoute). Ils ont certes
une belle voiture, des impers Burberry's (qu'ils
achètent au prix de gros : forcément, des
commerçants) et il paraît même, c'est Tania qui
le lui a dit, toujours un peu commère, qu'ils ont
une énorme télévision plate « de toute beauté »,

dit-elle avec une admiration sincère. Signes d'une prospérité que Jeanne considérerait comme dégradante, et Marc dans sa douceur tolérante, comme « un peu gênante, malgré tout ». Rien à voir avec Bram sans cesse dessinant, proposant des formes nouvelles et, à plus de quatre-vingt-dix ans, allant à pied voir une aile qu'on ajoutait à l'hôpital Saint-Jacques. Et même rien à voir avec Jeanne elle-même qui, dans l'atelier de la galerie Saint-Hubert, taille des étoffes, fronce le feutre d'un chapeau, et avec des chiffons sans aspect achetés au poids place du Jeu de Balle, confectionne des tuniques extravagantes dont les jeunes filles sont folles. Evidemment elle les vend – ou plutôt les fait vendre par ses deux associées, Rosalinde et Célia, dans les boutiques qui portaient leurs noms. Mais enfin la vente n'est qu'une nécessité, n'est pas la raison de vivre de Jeanne. Et un architecte est amené de temps à autre – heureusement d'ailleurs – à « vendre » lui aussi un projet ou même un bâtiment. Mais de nos jours un architecte ne travaille presque plus jamais seul, ce qu'on appelle aujourd'hui « ingénierie » jouant un grand rôle. Et puis il y a toute cette paperasserie, les hasards des adjudications... enfin, la complication même d'une création un peu (soyons modeste) originale, aujourd'hui, rend la chose moins gênante. Aussi (à cause des chapeaux, des esquisses parfois publiées dans le *Figaro Magazine* ou d'autres publications de moindre prestige), Marc supporte sa mère. Il en est même un peu – tristement – fier. Mais tout s'est brisé, la tolérance, la fierté. Ne reste que le secret, qui n'est peut-être ni sa liaison avec Siggi, ni l'héritage ; qui est peut-être – Marc va jusque-là, ce jour-là, à cause du choc ? – peut-être, dans le passé, une blessure qu'il ignore, qui lui a pour jamais aliéné ce qui aurait dû être une mère. Cette idée de blessure l'apaise un peu, la douceur de son caractère jouant, et il se dit qu'il reviendra une autre fois. Ce sont peut-être des ennuis d'argent, puisqu'elle songe à vendre ses biens, ce qui n'est guère son genre, qui ont amené Jeanne à cette exaspération maladive ?

— Je reviendrai, dit-il presque gentiment. J'avais pensé que ma proposition nous arrangerait tous les deux.

Et il était déjà près de la porte quand elle, qui s'était laissée tomber dans le grand fauteuil mauve, murmura, si bas qu'il l'entendit à peine :

— Rien, rien ne pourra nous arranger tous les deux.

Il partit, décontenancé, se demandant si elle pleurait.

Il n'avait voulu décommander ni Eric, ni Julia, ni surtout Eddy qui le suivait partout comme un chien affamé, attendant que quelque chose se conclût. Mathonet avait disparu, Jean-Gérard recommençait les budgets du logement social, avec balcons. Et Jean-Gérard connaissait son projet, le Père Lacaze savait, Jeanne avait deviné, et Siggi allait joyeux à la faïencerie, à la piscine, ignorant tout.

Il allait falloir le lui dire. Et dès que possible. Marc avait tellement peur d'être ridicule. Il cherchait une formule, ne trouvait que des faux-fuyants. « Connais-tu la loi de janvier 2003 ? » Siggi resterait ahuri devant cette apostrophe légale. Alors : « Est-ce que tu aurais envie de déménager ? » Attaque de biais, incompréhensible, d'autant que Siggi adorait la Pagode. « Pourquoi ? On n'est pas bien ici ? » et cela tournerait court. Aucun développement possible. Il y pensait le soir, le matin quand Siggi était parti en sifflotant, au petit restaurant d'à côté où il y avait de si bon poisson ; mais au moment où il allait parler, enfin, essayer, Siggi se lançait dans des considérations gastronomiques. « Oui, le turbot est bon, mais il est meilleur au Saltimbanque, ce n'est qu'un troquet, si tu veux, mais le cuisinier... » On en avait jusqu'au dessert.

Peut-être un long silence amènerait-il la question fatidique : « Tu as quelque chose ? A quoi penses-tu ? » Ce qui permettrait à Marc d'évoquer les longues années à vivre ensemble – qui sait, les dangers, en cas d'accident, de la succession que rien ne garantissait... Non. Vulgaire. Et

puis j'aurais l'air de penser qu'il y pense.
Presque insultant. Et pourtant, j'aurai l'air d'un
imbécile, pire, d'un hésitant, si quelqu'un lui
en parle avant moi, Jean-Gérard par exemple.
Demander à Jean-Gérard, au contraire, de lui en
parler, de faire allusion : plus ridicule que tout.
Il fallait se lancer.

Après l'affaire des magazines, qui n'avait pas
été une « affaire » du reste, grâce à la désinvolture de Siggi, Marc avait pris le parti, « en attendant », de déposer son argent liquide dans une
petite cassette en okoumé, toujours ouverte, sur
une étagère du jardin intérieur. Et négligem-
ment : « Si tu as besoin de liquide (j'aurais peut-
être mieux fait de dire, de monnaie ?) je vide
mes poches là-dedans, elles sont trouées. » « Tu
n'as pas besoin de le dire », fait Siggi en riant,
mais Marc n'a pas constaté qu'il ait depuis touché à la cassette. Continue-t-il à poser pour les
mêmes photographes ? D'autres ? Pire peut-
être ? Il est temps de parler. Et s'il refusait ?
Voilà à quoi Marc aurait dû penser d'abord.
Si l'idée lui déplaisait ? Trop définitif ? Trop
bourgeois ?

Qu'aurait dit Bram ? S'était-il jamais douté de
quelque chose ? Marc ne lui avait jamais connu
de liaison, d'aventures. Il est vrai qu'au moment
où l'architecte, passablement ahuri, s'était vu
mettre cet enfant sur les bras, il avait déjà largement dépassé soixante ans. Mais chez les

hommes qui ont aimé les femmes, il reste quelque chose, une rêverie pétillante ou mélancolique, des regards, des remarques, une pointe de
feu qui remonte dans les yeux ternis, ou alors
un attendrissement un peu amer. Mais non.
Marc n'avait rien remarqué de tel, et quand
Bram oubliait de finir une phrase, d'arroser les
plantes, s'arrêtait au milieu de l'escalier, les sour-
cils froncés, absent, jamais son neveu n'avait
supposé qu'un sentiment, quel que fût ce sentiment, le préoccupait ainsi. Il venait d'apprendre
que l'hôtel Herrera, une de ses réussites, allait
être démoli ; ou, une autre fois, qu'enfin une
commande, une école de banlieue, grâce à un
vieil ami de Kobe, lui était attribuée. Il lui arrivait aussi, la porte du petit cabinet de travail qui
servait aussi de sommaire chambre à coucher à
Marc, ouverte, d'écouter de la musique (ces
Variations Goldberg qui étaient restées pour
Marc un talisman) qui se répandait dans la maison. Il y avait une très bonne acoustique.
Franche, nette, la musique se répandait partout,
c'était l'interprétation de Glenn Gould. Parfois,
une fenêtre étant restée ouverte par hasard, une
phrase parvenait jusqu'au « boudoir » de Julia.
« Pourtant, je n'aimais pas la musique », se
disait-elle. Mais tout avait changé depuis les
révélations de Tania.

En même temps que la musique, elle voyait
parfois Marc taillant avec des ciseaux minus-

cules les plantes dont elle ne savait pas le nom. Il
s'interrogeait. Il faut que ce soit dit aujourd'hui.
Et Julia, de son côté, hésitait à envoyer Tania
revoir M. Philips, et lui demander de poursuivre
ses recherches. Elle aurait pu y aller elle-même :
mais Fred, mais Gérald, ne tarderaient pas à
être mis au courant. Tania elle-même, bavarde
comme elle était, et incapable de calculs, finirait
par se trahir. D'ailleurs, était-il délicat d'envoyer
son amie – car en somme c'était une amie, elle
l'avait prouvé déjà – chercher des renseigne-
ments qui pouvaient gravement lui nuire ? Mais
attendre n'était-il pas dangereux ? Certes Evelyne n'était pas bien vieille. Mais elle pouvait
être malade, sans le sou, astreinte à des travaux
mercenaires, ou même remariée ? La musique,
nette et douce à la fois, les retenait, chacun de
leur côté du minuscule ravin qui les séparait.

Un matin de printemps, une jeune femme
vêtue de fausse panthère arpentait le trottoir
mouillé de la rue des Minimes, à Gand. Là se
trouve la prison de femmes de la ville. Une porte
vaste et rébarbative, imposante, était percée
d'une porte beaucoup plus petite, de la même
couleur vert sombre, entrouverte. Un homme
passa la tête et les épaules par cette faille, et
cria :

211

— Qu'est-ce que tu fais là, Molly? File, et plus vite que ça!

La jeune femme traversa sans se laisser impressionner et rétorqua avec une douceur moqueuse :

— La rue t'appartient peut-être? Pauvre maton! J'attends une copine, et c'est mon droit!

La tête grimaçante se retira à moitié et ricana :

— Vous vous retrouverez bientôt à l'intérieur, ta copine et toi, faut pas rêver.

Et il claqua brutalement la petite porte, tandis que la jeune femme poursuivait son va-et-vient en haussant les épaules. Mais presque aussitôt la porte se rouvrit, et une autre jeune femme d'un blond-gris, élancée, mais qui se voûtait en marchant, sortit, fit trois pas, promenant sur la rue un regard égaré. Elle tenait à la main un nécessaire démodé, écorché, mais qui avait dû être beau. L'autre se précipita.

— Evy! C'est moi! Je t'attends depuis huit heures du matin! Tu penses que je n'allais pas te laisser sortir seule. Ça va? Tu tiens debout? On t'a donné quelque chose à manger?

L'exubérance de la « panthère » contrastait péniblement avec la prostration et l'absence de réaction de la libérée. Elle fit cependant un effort.

— J'ai eu un café.

— C'est tout? Mais tu vas venir avec moi, il y a un café juste au coin où ils vendent des sandwiches... énormes!

Des deux mains elle indiqua la taille réconfortante des sandwiches puis elle passa le bras autour des épaules de son amie et l'entraîna.

— Tu as fait toutes les écritures ? Oui ? Tu es libre, libre, sans conditions ?

Elles arrivaient au petit café Le Réconfort qui, avec ses rideaux à carreaux, ses tables bien cirées, les bibelots amusants — matelots en faïence, la chope à la main, perroquets-boîte à musique qui sifflaient des hymnes variés —, les amoureux libérés de leurs fers et s'étreignant dans tous les coins, représentait, comparé aux cellules froides et propres de la prison, une luxueuse transition.

— J'ai attendu pour manger avec toi, disait affectueusement Molly. Mange, mange tant que tu en as envie. Et puis nous irons acheter une robe, et te faire arranger un peu chez le coiffeur. Tes beaux cheveux ! Au début tu en prenais soin.

Evelyne sembla s'animer un peu. Molly lui avait fait donner, mine de rien, un café arrosé de marc.

— Oui, mais il y a eu cette fille, tu sais, Pierrette, qui a bu mon gel et qui a été si malade, et puis l'autre qui a pris mon peigne pour attaquer la surveillante...

— Enfin, on t'a rendu ton nécessaire, dit Molly qui buvait du marc sans café, elle. Mais tu aurais pu demander à ta mère.

Evelyne retombait dans la prostration.

213

— Elle ne m'a jamais écrit, pas une seule fois. Pas même pour me donner des nouvelles de la petite.

— Mais elle t'a envoyé de l'argent. Mange, Vivi. Il faut te refaire des forces.

Autrefois (il y avait un an, deux ans, Evelyne se fâchait quand on l'appelait Vivi – mais c'était autrefois, il y a des années qui comptent double, triple).

— De l'argent... oui, si c'est elle.

— Ce serait qui, alors? Ton mari?

— Oh! Sûrement pas (les larmes lui vinrent aux yeux). Il a divorcé, il a eu la garde de la petite. Lui non plus ne m'a jamais donné de nouvelles.

Molly hésita. Elle avait du tact, cela l'avait beaucoup servi, notamment quand elle volait dans les grands magasins. D'une élégance mesurée, maquillée sans excès, c'était une petite brune coiffée à la Jeanne d'Arc, avec souvent un béret qui faisait étudiante. Un an auparavant, elle avait partagé une cellule avec Evelyne, dont la triste aventure l'avait touchée comme un roman. Pendant les quelques mois de préventive de celle que les journaux avait déjà qualifiée d'« incendiaire », on avait même suggéré à Molly d'arracher à la malheureuse quelques confidences qui pourraient compléter l'accusation. Et bien que Molly pensât, à part soi, que si, dans un moment d'indignation, Evelyne avait mis le feu à la chambre – c'était bien compréhensible –, elle avait affirmé avec véhémence l'innocence totale de sa compagne, devenue bientôt son amie ; et, dans le doute, s'étant fait avorter clandestinement, Evelyne Berger avait été condamnée à deux ans de prison sans sursis, et, six mois de préventive déduits, elle sortait en mars 1970 et tombait dans les bras de Molly, libérée quinze jours plus tôt. Quelqu'un donc était là, quelqu'un l'attendait, quelqu'un lui versait un café, lui beurrait une énorme tartine, s'inquiétait d'elle. Oh ! Molly ! Sans doute quelques années plus tôt (ce qu'elle appelait, dans son pauvre cerveau blessé, *autrefois*), elle n'eût pas rêvé de cette intimité, de cette reconnaissance, avec une Molly qui ne lui avait rien caché de son passé. Cependant Molly se troublait, redemandait un verre de marc, et, suivant avec une sorte de gêne sa pensée (qui avait pu envoyer quelque argent à son amie ?), finissait par murmurer, son nez dans sa tasse :

— L'argent... ça ne pourrait pas être... l'« autre » ?

Evelyne pâlit, ses mains se crispèrent sur le bord de la table.

— Non, non. Sûrement pas. Il m'a laissée, tu te rappelles ? Il me détestait, à ce moment-là.

— Tu fais un peu de dépression, dit Molly d'un ton raisonnable. La sous-alimentation, tu sais. Ton mari te déteste, « l'autre » te déteste, ta

mère ne t'écrit pas... Il y a bien quelqu'un qui
s'intéresse à toi, puisqu'il ou elle t'envoyait de
l'argent ? Tu avais un autre « autre » ?

— Oh ! Molly !...

— Bon, bon, je n'insiste pas. Mais on ne va
pas passer notre vie dans ce café. Appelle ta
vieille. Elle te logera bien quelques jours. Ce
n'est pas une garce tout de même.

— Je ne sais pas...

Elle ne savait plus, Evelyne, depuis qu'elle
s'était découverte, amoureuse, enceinte, abandonnée, prisonnière, avec ce cauchemar de deux
hommes qui tous deux la maudissaient, sans
compter sa mère, et peut-être cette petite fille qui
allait avoir dix ans et à qui on devait dire « Ta
mère est une criminelle », ou pour plus de simplicité « Ta mère est morte ». Elle ne savait plus,
redevenue elle-même une petite fille, qui ne
comprenait pas ce que tous ces adultes lui voulaient. Gérald qui était venu témoigner au tribunal sans la regarder une seule fois, Jean-Baptiste
qui avait disparu, son avocate qui lui caressait
gentiment les cheveux en répétant « Allons,
allons, ce n'est pas si grave... » Les mots même de
Molly.

— Ce n'est pas si grave, si tu veux, je
l'appelle pour toi, ta mère ?

— Tu crois ?

— On peut toujours essayer. C'est quoi son
numéro ? Tu as oublié ? Ma pauvre Vivi ! Tu sais,

il y en a qui font dix ans et qui sortent plus fraîches que toi. Je vais chercher dans le Bottin. Une mère est toujours une mère.

Elle alla vers le fond du café, de son pas vif, calculé pour n'avoir pas l'air d'une fuite, sourit au patron, feuilleta sans dégoût l'épais volume graisseux.

— Allô ? Madame Berger s'il vous plaît.

Evelyne n'écoutait pas. Sa mémoire lui revenait peu à peu. Elle avait toujours pensé, pendant ce temps qui lui avait paru si long : « l'autre », et maintenant elle se souvenait : Jean-Baptiste, son doux visage couleur d'ivoire et de thé, leurs promenades le long de l'Escaut, un peu bourbeux à Saint-Amand, le vieux bac dont on ne se servait plus guère, et puis la tombe du poète, dont Jean-Baptiste, né en Flandre, élevé en Flandre, connaissait des vers par cœur. Né en Flandre, élevé en Flandre, et pourtant, à cause de cette nuance, à peine, sur le visage, légèrement déprécié par les autres serveurs du restaurant, ayant du mal à se faire obéir (peut-être sous-payé par Gérald quand il lui avait remis le bistro en gérance)... il faut être juste, il avait les yeux un peu bridés. Gérald n'avait jamais aimé s'occuper du restaurant Les Etangs qui lui rappelait son enfance malmenée, et bien qu'il eût un bon chef, une clientèle régulière, il avait préféré s'occuper d'immobilier et confier Les Etangs à Jean-Baptiste qui venait de terminer l'école hôtelière. D'ailleurs, les deux garçons se connaissaient depuis la maternelle. Jean-Baptiste avait perdu sa mère tout jeune; «la congaï» comme on disait, bien qu'elle fût née et se fût mariée sur le port d'Anvers. Le père était marin-pêcheur et le battait. Il buvait. On plaignait Jean-Baptiste, on l'aimait, il faisait de si bonnes études, parlait français, néerlandais, anglais (une des raisons, outre l'amitié, pour lesquelles Gérald l'avait engagé), et avec ça d'une honnêteté scrupuleuse. Eh bien, on louait ces qualités, on les admirait même, mais en ajoutant: «C'est la race qui fait ça»... comme ça, pas de complexes.

Bien qu'elle fût blonde aux yeux bleus, pâle, mais en aucun cas dorée, Evelyne s'était senti tout de suite des affinités avec Jean-Baptiste. Ce nom était trop français, sans doute, pour les francophones du lieu. Une fausse cordialité, un venin secret, les avait amenés à le réduire (verbe qui a sa signification) en «Bâ». Noter que ça faisait plutôt congolais. Les serveurs même, la promotion de Jean-Baptiste acquise, lui disaient «Monsieur Bâ». Avec malice? sans? Gérald disait Jean, tout simplement, et Evelyne aussi. Elle tenait souvent compagnie au gérant «pendant que Gérald battait la campagne»; il n'en était encore qu'aux fermes «à retaper» mais il avait une bonne clientèle d'Anglais, auxquels le pays plaisait.

Cette petite fortune progressait sans hâte, comme poussait la petite fille très brune, gracieuse, taciturne, dont on s'occuperait plus tard. Gérald n'aimait pas que cette petite fille fût si brune. « Elle tient ça de ta mère. » Mme Berger venait de loin, en effet, Bulgarie, Hongrie, pays de l'Est où déjà on la trouvait trop brune. Alors à Saint-Amand-sur-Escaut, où on est, je ne dirais pas raciste, non, un peu méfiant seulement, Mme Berger faisait un peu « rom ». Et puis elle se disait veuve. Est-ce qu'on sait, avec ces gens qui viennent après des guerres, des mouvements de population ? Elle devait avoir un peu d'argent, c'était comme ça qu'elle avait connu Gérald, elle lui avait acheté une petite maison de prix moyen, s'était répandue en remerciements (pourquoi ? Qu'est-ce qu'il avait fait de plus que son métier ?) et l'invitait sans cesse à goûter des liqueurs qu'elle faisait elle-même et qui étaient très fortes. Evelyne n'était pas brune du tout. Alors on disait que c'était une enfant adoptée, ou trouvée dans un bombardement, ou encore que Mme Berger (qui était noire mais qui était belle) aurait pu être violée par un militaire allemand en retraite et très blond. On avait appelé Julia la fille d'Evelyne. Personne ne portait ce prénom-là dans la famille. Eh bien, tant mieux. On taquinait les parents, la grand-mère : « Où est-ce que vous avez été chercher ce petit pruneau ? » Ça agaçait

Gérald, mais il n'était pas d'un naturel jaloux. D'ailleurs la petite allait sur ses sept ans. Il aurait fallu une perversité extraordinaire à Evelyne pour le tromper pendant leur voyage de noces (les Lacs). Et pourtant, un jour, à table – Jean prenait souvent son repas avec eux, après le second service du bistro, qu'il surveillait –, la vieille dame posa une question banale, à laquelle Jean et Evelyne répondirent en même temps, de leurs voix également rythmées et accordées haut, se confondant étroitement.

— Oh! s'écria innocemment Julia, on dirait deux flûtes en même temps!

Pourquoi Evelyne rougit-elle? Pourquoi Jean s'interrompit-il sur un horrible fausset? Pourquoi Gérald dès cet instant, comme s'opère une métamorphose onirique, vit-il sa sincère amitié se muer en soupçonneuse défiance? Comme il advient, le soupçon précéda sa justification. Les déplacements constants de Gérald, les difficultés d'une entreprise qui démarrait lentement, l'absorbaient et parfois l'angoissaient; c'était un homme fait pour le bonheur, mais il ne le savait pas. Il avait épousé Evelyne pour sa beauté désordonnée, son insouciance, et peut-être parce qu'elle ne l'aimait pas. De ce côté-là au moins il était tranquille. Qu'elle pût aimer quelqu'un d'autre ne lui serait jamais venu à l'esprit. Et puis tout à coup cette possibilité, qui n'était qu'une possibilité, et même très vague, naquit dans son esprit le jour où la petite Julia s'écria, comme une pythie enfant : « On dirait deux flûtes en même temps ! » Tout alors se groupa : les longues promenades de Jean et d'Evelyne qui aimaient tous deux la nature, leurs facilités pour les langues (Jean parlait aux clients anglais, Evelyne maniait l'italien avec aisance, et tous deux savaient par cœur des poèmes de Verhaeren – ce qui exaspérait, depuis peu, Gérald qui n'avait pas de mémoire), ils chantaient juste, ils herborisaient, ils savaient nager, et Jean avait réussi à intéresser Evelyne à certaines formes de mathématiques.

Quelle preuve plus évidente d'adultère ? Voire de passion ? Les mathématiques ! L'humeur de Gérald s'altéra très vite, cet homme angoissé devint un homme désagréable, acerbe. Il lui arriva par pure rancune (prématurée) d'interpeller Jean du sobriquet de « Monsieur Bâ », et Jean était plus que susceptible. Il lui arriva par pure mauvaise foi de mettre en doute les comptes de Jean. Outré, Jean parla de démission. Evelyne ne cacha pas qu'elle était terrorisée ; Jean parti, il lui faudrait reprendre en main la direction du restaurant, l'agence ne rapportant pas encore assez d'argent pour qu'on pût s'y consacrer entièrement. Elle supplia Gérald qui n'en devint que plus méfiant. Elle supplia Jean qui la prit dans ses bras. Erreur d'interprétation ? Vérité soudain révélée ? Il promit de rester. Evelyne vit-elle là une sorte de marché ?

Elle ne se refusa pas, c'était une femme très douce, élevée par des parents sans tendresse, de ce genre d'être opprimé de naissance, qui ne se reconnaissait aucun droit. Puisque c'étaient les conditions de Jean, elle les acceptait. Presque reconnaissante ; tout juste si elle ne se disait pas qu'il se contentait de bien peu.

La vie continua au même rythme, avec des intermèdes d'amour dans la buanderie du restaurant. Ce qui, pour Evelyne, avait changé, ce n'était pas ses rapports avec Jean (qui constituaient une sorte de prolongement assez naturel aux promenades, aux projets de jardinage, aux concerts à Gand où l'on avait un abonnement dont Gérald ne se servait pas, mais qu'il souscrivait pour faire bien), c'était ses rapports avec Gérald qui lui trouvait des torts en tout, critiquait sa cuisine, ses toilettes (modestes), et n'était pas du tout gentil avec Julia. Evelyne se résignait, ne comprenait pas bien ce qui s'était passé, mais se consolait avec Jean, qui la sentait plus proche de lui, pensait qu'elle s'attachait à lui, faisait même des projets, mais pour plus tard – il économisait. Il avait de la patience, l'esprit pratique, il n'était ombrageux que sur la question de ses origines, dont on s'était bêtement moqué à l'école. Rien ne laissait prévoir le drame quand, au printemps, Evelyne lui dit timidement qu'elle avait lieu de craindre que... et comme Gérald était depuis quelque temps

« fâché », il serait bien difficile de lui faire croire... Jean se récria, avec plus de détermination qu'il n'en avait d'habitude. Il n'était pas question de faire croire, ni d'user d'aucun subterfuge de cet ordre, les choses se présentaient plus tôt qu'il ne s'y était attendu, mais il avait tout de même des perspectives encourageantes, dans le nord de la France par exemple ; évidemment la transaction était à peine entamée, mais il saurait expliquer la situation à M. van Damme, un ancien ami de son père... Evelyne le regardait de ses beaux yeux bêtes. Quelle situation ? Pourquoi le nord de la France ? Elle avait une amie qui n'était pas mariée, et qui, malheureusement, s'était trouvée, elle aussi, devant le même problème. Cette amie avait une adresse à Bruxelles, une femme de toute confiance, qui avait un diplôme d'infirmière, et qui prenait des prix très raisonnables. Il suffisait qu'elle pût s'absenter un week-end, et personne ne s'apercevrait de rien. Cette fois c'était à Jean de la regarder avec stupeur. « Mais tu n'y penses pas ! Tu divorceras, je trouverai sans peine une bonne gérance, tu n'auras à t'occuper de rien, je connais le métier, je suis travailleur, ce sera beaucoup plus simple que tu ne crois. » Evelyne secouait la tête, avec l'obstination des faibles. Non, non, ce n'était pas possible, pourquoi divorcer d'ailleurs, il suffisait de considérer cet imprévu comme un simple accident, de nos jours il n'y avait pratiquement plus de risques à s'en débarrasser, et tôt ou tard il y aurait une loi qui l'autoriserait. Cette supposition était si peu dans la manière d'Evelyne que pour un peu Jean eût cru y voir de l'ironie – mais l'ironie non plus n'était guère dans les habitudes d'Evelyne qui tenait ces propos scandaleux d'une voix faible et désolée. Jean se croyait aimé, d'affection tout au moins, et ces derniers mois Gérald n'avait guère été aimable. Alors ? Il est remarquable que ni l'un ni l'autre ne pensait à la petite Julia. Comme gérant, comme patron, Jean savait avoir fait ses preuves. Il pouvait offrir à Evelyne l'équivalent de la vie qu'elle menait à Saint-Amand ; alors où était l'obstacle ? Comme Gérald, exactement comme Gérald, la fausse révélation le heurta. Le métissage. C'était cela qu'elle craignait. Il fut sur le point de la frapper, mais le temps de cette discussion, l'heure de pointe approchait, le cuisinier et les deux serveurs arrivaient, et le téléphone sonnait, auquel il était convenu qu'Evelyne répondait et prenait les réservations.

— Va répondre, dit-il d'une voix rauque.

Elles étaient loin, les flûtes jumelles. Naturellement Evelyne n'avait pas compris, elle le supposait vexé de ce qu'elle ne voulût pas divorcer, changer sa vie. Là, tout de même, elle pensa à Julia ; et Gérald, après tout, était son mari, il traversait une mauvaise passe, il travaillait trop, et le fait qu'il ne pût mener à bien ses projets sans

224

l'aide de Jean le blessait, sans doute. Le restaurant n'avait jamais si bien marché que depuis que Jean s'en occupait ; la clientèle même avait changé, c'était moins des villageois voisins, plutôt des Gantois ou même des Anversois qui avaient entendu parler du cuisinier, sélectionné par Jean avec le plus grand soin, et puis la tombe de Verhaeren, c'était toujours un but de promenade. Ainsi Evelyne, croyant l'amour-propre de Gérald blessé, redoublait de douceur, de docilité, sans s'apercevoir des douloureux silences de Jean, plus taciturne que jamais, et dont le chagrin accentuait le type mongol. « C'est drôle, ce qu'il fait Chinois, en ce moment », disait Gérald avec un certain plaisir. Evelyne ne trouvait pas.

Jean voulut l'accompagner à Bruxelles. Il lui parlait avec une extrême froideur mais tenait « à assumer ses responsabilités ». Ils avaient chacun une petite valise à la main. Elle ne se demanda pas pourquoi lui. Il se tenait si droit, si raide, qu'elle remarqua pour la première fois qu'il n'était pas très grand. Dès qu'il était seul avec elle il la prenait dans ses bras, alors elle ne l'avait jamais vraiment regardé. Devant la réception de l'hôtel (c'était l'infirmière, ou la fausse infirmière, qui lui avait donné l'adresse) enfin elle le vit, non pas comme une figure quotidienne de sa vie, mais comme un homme qu'on rencontre, sur lequel on s'interroge. Elle vit ce visage régulier, assez beau, raidi de chagrin, les yeux sombres aux longs cils humides de larmes contenues. La bonté réelle qu'elle portait en elle s'éveilla, elle chercha quelque chose à dire... qu'elle regrettait... elle hésitait peut-être quand, sans la regarder, dans l'ascenseur tapissé de petits lys dorés sur fond marron (monarchiste?) il dit, avec peut-être, elle ne fut pas sûre, après, un geste vers sa vieille valise : « Je ne repasserai pas par Saint-Amand. Je me ferai envoyer mes bagages à Lille. » Elle n'avait pas prévu cela. A vrai dire elle n'avait rien prévu. Le cauchemar dissipé, elle n'y penserait plus. Elle n'avait pas pensé qu'il la quitterait.

— Jean...

L'ascenseur s'arrêta.

La chambre était assez propre, de grands voilages blancs devant les fenêtres, le dessus-de-lit fané pourtant. Une moquette assez épaisse par terre.

— Jean...

On frappa à la porte. Une femme alerte, d'une cinquantaine d'années, entra en souriant, de ce sourire volontairement encourageant qu'on cultive dans les hôpitaux. C'était sûrement une vraie infirmière. D'ailleurs tout de suite elle appela Evelyne « mon petit ».

— Préparez-vous, mon petit. On ne va pas y mettre la journée. Et vous (à Jean), vous restez? Enfin, si vous y tenez...

Elle avait aussi une petite valise. Décidément.

226

— Vous n'avez pas trop attendu, au moins ? Je vais vous donner un calmant léger. Ne tremblez pas, voyons. Ce n'est pas si grave que ça. Si vous saviez combien de fois... Il y a quinze jours une toute jeune fille...

Elle parlait, enjouée, effrayante, et ouvrit sa valise, qui était plutôt une trousse, en retirant divers objets qu'elle posait sur une serviette. Rien ne pouvait plus arrêter l'événement qui se précipitait. Il n'en voulait même plus à Evelyne, demi-nue, les dents serrées et frissonnante. Du plus profond de lui-même Jean sentait monter un sentiment de fatalité, une condamnation. A quel moment précis, sur quel gémissement étouffé, ni lui ni elle ne devaient s'en souvenir, il ne put plus résister, entrouvrit la porte, la femme l'engueulant brièvement, et sortit.

— Est-ce qu'il fumait ? avait demandé Molly, quand elle avait bénéficié de ce poignant récit. Ou l'infirmière, peut-être ?

Evelyne ne se souvenait pas. On avait beaucoup insisté là-dessus au tribunal. Un serveur avait affirmé l'avoir vu fumer « au moins deux fois ». Gérald n'avait pas répondu à la question, ce qui avait laissé supposer qu'il voulait l'innocenter. On ne put retrouver l'infirmière. Finalement c'était une pseudo-infirmière, elle n'était inscrite nulle part. D'où peut-être la fausse manœuvre qui avait déclenché l'hémorragie d'Evelyne. Le sang avait coulé sous la porte. La femme de chambre avait donné l'alerte d'autant plus que le couloir se remplissait de fumée. La thèse de l'accusation était que la malheureuse, se voyant abandonnée de tous et trop éloignée de la sonnette pour appeler à l'aide, avait allumé un briquet laissé à son chevet (par qui ? La défense tenait que les chambres étaient faites avec négligence et que le briquet appartenait à un précédent occupant – d'autant qu'on n'avait pas trouvé de cigarettes) dans une tentative désespérée pour attirer l'attention. Mais la moquette avait pris feu tout de suite, et Evelyne s'était retrouvée à l'hôpital, brûlée au second degré, affaiblie par une hémorragie qu'on n'avait pu arrêter à temps, et qualifiée d'« incendiaire » par des journaux heureusement de peu d'importance.

L'hôpital, la prison, elle supporta tout. C'était sa façon à elle d'être forte, cette passivité de roche, cette douceur sans faille : on l'aimait bien, elle ne faisait pas d'histoires, pour une fille de bonne famille. Molly s'était attachée à elle : elle sentait, derrière ce calme apparent, un immense désarroi, une incompréhension navrante : comment cela avait-il pu arriver, comment se retrouvait-elle là, polissant des petites cuillères, emmanchant des brosses à dents ? Et maintenant, guère moins invraisemblable, dans ce café en somme confortable (et ça lui faisait l'effet qu'on ressent quand on entre brusquement dans un endroit chauffé, venant de la rue inhospitalière) dont la patronne, qui avait l'air d'une bonne personne, venait lui resservir du café.

— Mettez-y du marc, faut la réchauffer! criait Molly du fond de la pièce, où elle se débattait avec un très vieil appareil téléphonique. Oui, oui... une amie de sa fille... je veux lui parler personnellement...

— Vous venez de sortir? demanda la patronne avec compassion.

Evelyne frissonna, fit un effort et dit :

— Oui, madame.

— Et Molly est venue vous chercher. Ça, c'est une copine. Elle est ce qu'elle est, mais c'est une brave fille.

Elle rajouta, d'une bouteille trouble, un peu de liqueur dans le café.

— Buvez, buvez, ça vous aidera à tenir le coup. (Et avec une sorte de timidité gentille :) C'était la première fois?

Evelyne ne comprit pas tout de suite, puis elle allait répondre (on l'avait dressée depuis la prison à répondre aux questions les plus saugrenues), quand Molly revint, furieuse.

— Elle ne veut pas, dit-elle avec une sécheresse involontaire.

— Ne veut pas la reprendre? demanda l'autre, toujours sa bouteille à la main.

— Ne veut plus en entendre parler. Sa propre mère! Quelle garce!

La dame du café avait très envie de savoir ce qu'Evelyne avait bien pu faire, mais ça n'aurait pas été délicat de le demander.

— Si vous voulez, vous pouvez dormir ici toutes les deux... enfin, pour un soir. Il y a la chambre du vieux qui est à la campagne.

— Je veux bien, dit Molly qui reprenait les choses en main. Je vais envoyer le petit Jacques chercher les affaires de mon amie chez la mère, elle n'osera pas nous les refuser. Et demain matin il y a un train pour Lille, où ma sœur nous trouvera quelque chose.

Au nom de Lille, Evelyne s'était un moment redressée, puis de nouveau affaissée sur la chaise de paille. Ce mot-là tenait du passé, d'*autrefois*, de l'autre vie à laquelle elle n'aurait plus jamais accès. Et quand même, deux ans avaient passé, depuis cette phrase entendue dans l'ascenseur (et l'avait-il prononcée ? « Je ne retournerai pas à Saint-Amand, je ferai envoyer mes bagages à Lille »). Si, il avait dit : « Lille ». A travers tout ce lourd vécu qui lui pesait sur les épaules, très loin, une voix murmurait encore « Lille ». Elle se mit à pleurer, sous le regard apitoyé des deux femmes. Elles se mirent en devoir de lui faire gravir l'escalier, l'installèrent dans une petite chambre très propre, très blanche. Evelyne s'endormit presque immédiatement sur le lit moelleux.

Les autres descendirent, plus à l'aise tout de même. Elles allaient pouvoir bavarder. Mme Menaux mit des saucisses à cuire.

— Elle sera contente de les trouver tout à l'heure.

La bouteille entre elles, elles s'assirent confortablement pour, l'une conter, l'autre entendre, le roman d'Evelyne.

— Vous me direz ce que vous voudrez, dit en manière de conclusion la patronne, pour moi, elle l'aime encore.

— Lequel? dit Molly non sans malice. Quand on a deux hommes dans sa vie...

— Evidemment, dit la patronne qui n'aurait pu en dire autant.

Et la conversation reprit, coupée de temps en temps par un client qui tapait impatiemment sur le zinc.

Une main posée sur une main. En dessous, le froid du marbre, la vieille table de cuisine qui vient on ne sait plus d'où. La cuisine, triangulaire, se loge malaisément sous l'escalier, éclairée par un vasistas sans beauté donnant sur une cour à poubelles – celle de l'immeuble en retrait que cache heureusement, de l'avenue, la Pagode. Le vieux Bram ne s'est jamais beaucoup intéressé aux surfaces de rangements. Il avait même oublié de prévoir un vestiaire, alors les visiteurs jetaient vestes et manteaux dans l'entrée, sur une longue banquette devant la cheminée, sous le bouddha. Cela faisait désordre, bohème, pas du tout japonais. Siggi avait proposé un jour d'amputer d'un tiers le jardin d'hiver qui tenait toute la longueur de la maison; on disposerait ainsi de ce qu'il appelle un « dressing » pour les invités.

Evidemment ils ont une grande armoire, laque et ivoire, dans la chambre à coucher. Mais vont-ils obliger leurs amis à grimper l'escalier si étroit, à traverser le salon toujours jonché de journaux, de plans, parfois de vaisselle empilée, et à constater *de visu* qu'ils dorment dans le même grand lit?

Non, impossible.

— A moins que...

Est-ce la voix claire, pure, sans aigu excessif, un peu à droite du clavier, si vous tolérez une comparaison musicale, de Siggi qui, sans aucun trouble apparent, énonçait ce « à moins que » que Marc n'ose comprendre. La comparaison avec le clavecin convient bien, parce que le son en est net, ne se prolonge pas en sentimentalité trouble.

— Tu ne veux pas dire...

— Mais oui! Mais oui! Puisque c'est possible.

Et il rit, un peu ému mais pas trop, il a deux amis qui viennent de profiter de la nouvelle loi, alors pourquoi pas eux?

— Dommage qu'on ne soit pas les premiers.

Pas un instant il ne doute de l'accord, de la joie de Marc.

— C'est moi qui ai eu l'idée, dit-il fièrement.

Une main posée sur une main. Bien sûr, Marc pourrait dire ses hésitations, ses doutes, mais ce serait moins simple, moins beau. Oh! Siggi! Siggi! puisses-tu avoir toujours vingt-trois ans!

*
* *

— On va décommander la collection, dit-elle en serrant les dents. On trouvera quelque chose.

— Mais madame, Odile et Baba sont retenues, et le coupeur. Et on nous a réservé les rayures, celles que vous avez sélectionnées vous-même. Et Magda a vidé son loft pour qu'on ait toute la place. Les modèles sont prêts, il y aura à peine à retoucher, les petites jupes plissées en organdi sont des bijoux.

— Un peu trop des « tutus » d'opéra, fit observer Rosalinde.

— Pas une fois qu'on les aura plissées comme il faut. Les plis sont très originaux; surtout ceux qui sont soulignés de couleur.

— Je ne porterais pas ça, dit Célia.

— Ce n'est pas fait pour être porté, c'est fait pour être montré. Un genre de pub. Mais les trenchs... avec une jolie paire de bottes courtes.

— Je vous dis qu'il n'y aura pas de collection, dit Jeanne.

233

Elle se contrôlait. Elle cherchait une raison.
L'argent? Une maladie soudaine?

— Voyons, madame, dit Rosalinde qui ne
manquait pas d'effronterie, est-ce à cause du...
de l'événement? C'est que ça fera parler, vous
savez!

Jeanne s'appuya contre un carton à dessin,
qui tomba. Elle poussa un léger cri.

— C'est justement, dit Célia, pincée.

— Alors, vous allez laisser échapper une
occasion pareille? dit Rosalinde. Nous passons
le 6 septembre, avant tout le monde. Parce que
nous sommes une petite maison, d'accord. Mais
aussi à un moment où les chroniques sont
encore libres, où les chroniqueurs ne savent que
raconter, parce que les tendances ne sont pas
encore bien nettes. Mais nous, nous avons une
tendance, je dirais même une histoire. En modi-
fiant légèrement les modèles...

— Quoi!

— Légèrement, madame. Prenez les trenchs,
il n'y a presque rien à faire. Le trench est une
déclinaison d'un manteau masculin, en somme.
Nous avions féminisé un peu les revers...

— J'avais! dit Jeanne.

— Ce n'est rien à corriger. Vous rectifiez un
trench sur deux, les cotons par exemple, et vous
accentuez l'autre au contraire, la taille plus cin-
trée, une très très longue cravate qui fait écharpe,
ceinture, ou une sorte de nœud, et vous les faites
défiler deux par deux, masculin-féminin.

— Mais non, dit Célia qui reprenait courage. Masculin-masculin puis féminin-féminin.

— Pour faire allusion?

— Dame! dit Rosalinde.

Jeanne restait stupéfaite au milieu des vestes manchotes, des pantalons dépareillés, des foulards. En somme Rosalinde n'avait pas tort. On parlerait de ce qu'elle appelait « l'événement » de toute façon. On l'épierait. On ne comprendrait que trop qu'elle remît, ou supprimât, sa collection. On ferait mine de la plaindre.

— C'est dommage, dit Rosalinde, reproduisant sans le savoir une réflexion de Siggi, que ce ne soient pas les premiers.

— Ce ne sont pas les premiers? demanda Jeanne d'une voix troublée.

— Les troisièmes, dit Rosalinde, renseignée.

— Je vais réfléchir, dit Jeanne qui se calmait. (Il y avait encore une démarche à tenter. Si elle échouait on pourrait toujours annuler au dernier moment.) Continuez, dit-elle aux deux jeunes filles.

Sans doute, ce qu'elle considérait comme « un scandale » exaspérait Jeanne, si même Rosalinde lui avait démontré qu'elle pouvait vraisemblablement en tirer avantage. Mais plus que tout, c'était l'origine de Siggi et de sa famille, ces

« boutiquiers », qui l'humiliait. Tant qu'à faire elle eût préféré une star du rock, un metteur en scène un peu connu, enfin, ce qu'on a coutume d'appeler *un nom*. Cela eût, lui semblait-il, racheté un peu l'extravagance de Marc. Et elle soupirait : un comptable ! Le fils du magasin Les Petits Princes ! La rue du Bailli ! Enfin, rassemblant son courage, elle s'empara du Bottin et chercha le numéro de ces gens-là.

Avant de le former, ce numéro, elle s'interrogea. Pour la première fois depuis la visite du Père Lacaze, qui ne la saluait plus. Etait-elle réellement indignée ? Ou sa colère était-elle en grande partie liée au souvenir douloureux de Bram ?

Chaque fois, depuis tant d'années, qu'elle prononçait secrètement, pour elle-même, le nom de Bram, une sorte de spasme lui traversait la poitrine. Et ce sentiment qui était de la haine et de l'amour s'était malheureusement, on pouvait dire, malgré elle, reporté sur Marc dont elle avait souhaité se débarrasser aussitôt que possible.

Alors qu'elle aurait pu, surtout après la mort de l'échevin, le mettre dans une bonne pension bilingue, elle en avait les moyens ; elle se l'était même imaginé, à l'époque, avec un joli uniforme, le pantalon long, dès douze ans, le blazer bleu marine – mais non. Elle avait imaginé aussi Bram allant chercher l'adolescent, fier de lui, et qui sait si les gens n'allaient pas penser que c'était lui qui payait l'école, le blazer, et le ballon de football. Marc n'avait donc pas eu tout cela, Bram renouvelait ses jeans quand c'était nécessaire et lui avait appris à jouer aux échecs. Elle aurait voulu lui offrir quelque chose pour Noël, pour son anniversaire, enfin, elle aurait *dû*, elle n'oubliait pas, elle ne pouvait pas tout simplement. Un jour, elle venait de confier Marc à son « oncle », c'était après la mort de l'échevin qui s'y serait sans doute opposé ; elle les avait rencontrés rue Neuve, Bram une main posée sur l'épaule du petit garçon, et lui, tenant précieusement serré contre sa vieille veste un camion de pompiers tout neuf. La haine, la haine toute pure, farouche, une espèce de brasier ardent, en elle ne s'éteindrait jamais, un brasier qui était aussi un trésor, un secret, dont elle ne pourrait, ne voudrait jamais se débarrasser. Qu'est-ce qu'elle avait d'autre ? Une petite affaire de mode ? Un fils ?

Ce n'était évidemment pas ce qu'elle dirait à Simone Heller.

Quelques jours après, Marc, déjà réconforté par sa participation, désormais certaine, au projet de logements sociaux, dit à Siggi, à la fois troublé et content :

— Je crois que ma mère commence à se faire à l'idée du mariage.

Il avait pourtant conservé un souvenir pénible de leur rencontre, de la dureté de Jeanne, qui était peut-être une douleur, et l'avait laissé perplexe.

— Qu'est-ce qui te fait croire ça ? Après tout ce qu'elle t'a sorti quand tu es allé la voir ?

— Figure-toi qu'elle m'a envoyé, avec un petit mot assez gentil, enfin, très joli plutôt, deux invitations personnelles pour sa collection. Pour nous deux. Et c'est le 6 septembre.

— Deux jours avant ?

— Deux jours avant.

— C'est un miracle, dit Siggi.

— Presque.

Ni l'un ni l'autre ne pouvait imaginer que ce miracle était dû à une rencontre qu'ils ignoraient.

Deux femmes. Jeanne avait choisi pour la rencontre un petit bar situé près de la place Sainte-Catherine, dans ce qu'il est convenu d'appeler le bas de la ville. Elle ne voulait pas qu'on la rencontre avec la « boutiquière ». Jeanne s'était habillée avec simplicité, d'un tailleur de lin écru et d'un chemisier d'un joli mauve pâle. Puis elle avait eu peur, tout à coup, de ne pas inspirer

238

suffisamment confiance pour la proposition qu'elle allait faire. Alors elle avait épinglé sur le revers du tailleur modeste une panthère de chez Cartier, dont Mme Heller ne pouvait ignorer la valeur.

Jeanne était arrivée la première, avait choisi un coin tranquille; elle vit entrer Simone avec une certaine surprise. Simone Heller avait été belle, au moment où elle avait, avec son mari, ouvert le magasin de la rue du Bailli. Sa dot avait contribué pour une large part à l'acquisition, puis au lancement des Petits Princes, ce qui lui avait, d'emblée, donné une assurance qui lui allait bien : car elle était grande, et si aujourd'hui un peu empâtée, elle avait toujours cette sorte de dignité physique des êtres grands, sportifs, sains. Le visage manquait de personnalité suite inévitable d'une vie sans passions, sans intérêts majeurs, mais témoignait cependant d'une sérénité à peine tempérée par la curiosité qu'éprouvait Simone.

Car le coup de téléphone de Jeanne van Stockel, bien qu'elle supposât qu'il devait avoir un rapport avec le mariage projeté des jeunes gens, ne lui avait donné aucun détail, sinon, avait précisé Jeanne, la nécessité d'en parler « d'urgence ». Elle s'avança donc vers la mère de Marc, souriante, calme, et s'assit sans qu'on l'en priât. Elle était sans chapeau, mais avec une permanente de la veille, des souliers vernis noirs qui

239

la grandissaient encore, et une robe imprimée jaune et noire, surmontée d'un boléro du même imprimé. Cette toilette pouvait passer pour être d'assez mauvais goût (Jeanne supposa immédiatement qu'elle venait de l'annexe des Petits Princes, le magasin pour dames que les Heller avaient ouvert), mais elle gommait adroitement, par l'emplacement des bandes noires, un excès d'embonpoint qui avait gagné Simone au moment de la cinquantaine.

— Vous buvez quelque chose ? demanda Jeanne.

Elle était moins à l'aise qu'elle ne l'avait espéré.

— Un petit scotch, dit Simone en posant son sac et les gants qu'elle n'avait pas mis.

Jeanne fut surprise encore. Pour elle, la « boutiquière » n'allait boire qu'un Martini, une Suze, une boisson qui conviendrait, en somme, à son statut social. « Un petit scotch » établissait entre elles – et par la façon aisée dont Simone l'avait prononcé – une sorte d'égalité. Ça partait mal. D'autant que Simone, à peine servie, faisant tinter les glaçons dans son verre, attaquait, sans agressivité aucune, mais au contraire avec la conviction enjouée d'un accord presque familial :

— Vous vouliez que nous parlions un peu des garçons ?

Des garçons ! Pourquoi pas « des enfants » ? Comme pour n'importe quel mariage, n'importe quelle union ? Jeanne encaissait mal.

— Peut-être. Je trouve votre fils bien jeune pour... (Elle hésita.)

— Pour se lier? C'est un peu vrai, dit Simone. – Elle demanda une eau gazeuse au garçon. – Mais enfin, l'occasion se présentant... Et puis Marc est beaucoup plus posé, plus installé dans la vie... Et quel caractère charmant! Comme je n'ai connu ni l'un ni l'autre, je ne sais s'il tient de son père ou de son oncle, ou des deux, en somme, c'est possible. Et son talent, qui sera reconnu tôt ou tard, lui vient certainement de vous. Je me fais une fête de voir ce que vous aurez encore imaginé pour la mode d'hiver.

Elle aurait continué sur ce thème, si Jeanne, rassemblant ses forces, n'en était revenue à Siggi.

— Je le connais peu, mais bien qu'il soit *très* jeune, on voit son intelligence, sa bonne volonté... La comptabilité, c'est très bien, mais est-ce qu'il s'en contentera longtemps? Voyez-vous, j'avais pensé, on pense toujours à l'avenir des gens attachants (Simone eut un petit hochement de tête, pour remercier) qu'un complément de cours, un diplôme anglais ou même, pourquoi pas, américain, lui permettrait de voir plus loin que la comptabilité d'une b... d'un grand magasin.

Simone eut l'air intéressé. Elle prit une gorgée de scotch, sans hâte.

— Je ne vous donne pas tort, dit-elle de sa voix pondérée, agréable, mais nous avons

241

agrandi le magasin, vous le savez, je crois, et nous avons dû investir une somme assez considérable...

Ah! Enfin! Jeanne retrouva son allant. Elle avait failli croire que Simone se moquait d'elle, ou alors ne comprenait pas.

— Mais j'ai de très bons rapports avec des amis américains, qui s'occupent de mode et vivent à Washington, bien plus agréable que New York. Je serais tout à fait disposée, à mes frais bien entendu, à offrir le voyage à votre cher Siggi, qui pourrait d'ailleurs passer le temps nécessaire chez mes amis, qui sont très grandement logés. Un diplôme américain, cela a sa valeur. Et puis pour un garçon qui a peu voyagé jusqu'ici, ce mode de vie tellement différent peut paraître séduisant, vous ne croyez pas?

Elle avait sorti son atout un peu fébrilement, mais, lui semblait-il, avec clarté. Simone approuvait.

— Certainement, l'Amérique... J'ai toujours regretté que mon mari n'ait aucune raison professionnelle d'y aller. Je l'aurais accompagné bien volontiers.

Voulait-elle dire?... Envoyer Siggi à Washington avec ses parents, non, tout de même, même en vendant ces petites maisons des Etangs Noirs, c'était un peu beaucoup.

— Vous pourriez, le cas échéant, l'accompagner une huitaine de jours, l'installer... hasarda-t-elle.

— Oh! mais il y aura Marc, dit Simone en allumant une cigarette. Vous fumez? Non, vous avez raison. Je ne peux pas m'en déshabituer, je ne suis plus assez jeune pour changer mes habitudes. Oui, qu'est-ce que nous disions, l'Amérique... Je suppose que Marc dispose de la somme nécessaire pour le voyage? Et peut-être pourraient-ils loger tous les deux chez vos amis? Mais j'ai l'impression qu'ils s'orientent tous les deux vers l'Italie. C'est classique, évidemment, mais enfin l'Italie, pour un architecte... Marc nous a parlé des théâtres de Palladio. Et puis là, nous pourrons les aider un peu. Nous avons eu un peu de mal à nous habituer à l'idée, mais en somme... ça nous fera deux grands fils. Et un voyage de noces est un voyage de noces, n'est-ce pas?

Jeanne vida son verre jusqu'au fond, d'un trait (elle n'aurait pas pu parler). Enfin, d'une voix rauque, forcée :

— Vous irez à la cérémonie?

Simone eut un petit air réservé, très « honnête femme » du passé.

— Non, tout de même.

Et, rassemblant sac et gants, considérant la rencontre terminée :

— Mon mari ira.

Jeanne ne se leva pas. Elle n'aurait pas pu. Elle dit qu'elle attendait quelqu'un. K.O., pauvre Jeanne. Il ne lui restait que la ressource des invitations.

243

La clientèle était riche, à cause des prix ; il est flatteur de porter un vêtement ou un chapeau dont il est évident qu'il est hors de prix. Mais à cause de la location du loft, des rideaux qu'elle faisait renouveler chaque année, des mannequins dont deux seulement faisaient partie de la maison – les autres étant également loués pour la circonstance –, le défilé n'apportait que peu de bénéfices à Jeanne. Mais la fierté, un bonheur bien rare, se lisait sur son visage, pâle et long, dans ses yeux noirs, soudain brillants, tandis que juchée sur une estrade basse, un micro à la main, vêtue pour faire contraste d'une modeste robe noire, elle murmurait de sa voix un peu rauque, assez belle (elle murmurait pour que les assistants fussent obligés de tendre l'oreille), les noms des jeunes femmes qui commençaient à passer sur le tapis central, parfois cérémonieuses, parfois gambadant comme des fillettes.

— *Marine... Bettina... Vol d'été... Débutante...*

Au premier rang, Magda, propriétaire du loft, jouait son rôle ; Jeanne l'habillait toute l'année, et étant en bons termes avec le café du rez-de-chaussée de l'immeuble, Magda procurait encore le nombre de chaises nécessaire. Ni elle ni Jeanne n'étaient femmes à jeter l'argent par les fenêtres inutilement ; aussi c'étaient les ouvrières de

244

l'atelier, coquettement vêtues, qui passaient, au moment des pauses, des plateaux chargés de mini-sandwiches et de rafraîchissements. On payait si on voulait dans des troncs apparemment destinés à des œuvres humanitaires. Le tout, de qualité médiocre, venait aussi du café d'en bas. Pour les bénéfices, on s'arrangeait.

La saison était encore tiède et pourtant plusieurs femmes portaient des fourrures, largement ouvertes pour étaler l'indispensable et respectable collier. Une suffocante odeur de parfums mêlés passait par vagues.

Marc et Siggi s'étaient placés sur le côté, dans un renfoncement qui faisait alcôve ; le loft avait servi de cinéma au siècle dernier. Mais on les regardait, on les cherchait dans la pénombre, toute la lumière étant concentrée sur l'allée centrale où les mannequins défilaient. Quand Magda habitait son loft, elle le subdivisait en plusieurs pièces de dimensions irrégulières, séparées par de grands paravents pas mal (elle avait fait copier ceux de Chanel par une jeune fille spécialisée dans le trompe-l'œil, et qui imitait n'importe quoi, des masques bantous à Fragonard – aussi commençait-elle à devenir un peu chère). Exigeante aussi car, alors que les années précédentes les paravents, repliés, se serraient dans les vestiaires, cette année elle avait exigé que, mis à plat le long des murs, ils formassent une tapisserie à la flamande. Jeanne

245

avait protesté de toutes ses forces. Cette décoration, qui eût été fort jolie pour un bal, allait éteindre les imprimés, distraire l'attention de ses tuniques, une nouveauté, faites comme des patchworks, et qui plaisaient particulièrement aux jeunes filles et aux dames qui se croyaient encore d'âge à les porter.

— Je mettrais bien une veste comme ça, chuchota Siggi, l'été, au bord de la mer...

Mathonet les avait rejoints, feignant d'avoir oublié qu'ils étaient en froid.

— Magnifiques, ces tuniques. Par contre, les paravents...

Il n'avait pas tort. Mais comme il ne pouvait jamais retenir une remarque désagréable :

— Marc, par contre, ne risque pas de gâcher les couleurs. Tu es en deuil ?

— Je lui avais bien dit, s'écria Siggi un peu haut, de ne pas mettre son costume bleu marine. C'est vrai que ça fait deuil.

— Je ne puis pas être en deuil puisque je n'ai pas de famille, dit Marc agacé.

— Ah ! Mais tu en auras bientôt une, fit Mathonet avec un rire qui attira l'attention. Je suis sûr que la loi sur l'adoption n'est pas loin.

Et il s'éloigna en bousculant quelques personnes qui protestèrent.

— *Lilas Bleu... Allegro... Lamballe...*

Une musique dissonante, mais douce, semblait tomber du plafond, annonçant une pause.

— Satie? demanda Siggi.

Marc l'encouragea d'un sourire. Pause. Les cousettes, celles que Jeanne appelle « les petites », circulent avec leurs plateaux.

— Ne prends pas le champagne, murmure Marc. Je le connais.

Siggi rit et s'empare d'un verre empli d'un liquide verdâtre. C'est encore pire. Marc soupire. Jeanne s'approche d'eux.

— Mais pourquoi vous cacher dans ce petit coin? Je vous avais gardé des places au deuxième rang, juste derrière la presse. Venez, venez.

Et elle avait ce sourire qui faisait mal, qui cachait un mal, le sourire de quelqu'un qui sait qu'il a un cancer et le cache vaillamment. La lumière s'intensifia, la musique décrut, les plateaux disparurent, poursuivis par quelques réclamations timides, et trois jeunes femmes noires, extrêmement gracieuses, firent voleter des étoffes en exécutant une sorte de ronde, tandis que Jeanne traînait Siggi jusqu'au troisième rang (le second s'était rempli durant la pause) et l'installait comme un grand malade. Marc suivait, perplexe et boudeur.

— On n'aurait pas dû venir.

Les danseuses s'éclipsèrent, très applaudies; le défilé reprit, c'était la dernière partie, les robes habillées, quelques mannequins hommes présentant des smokings de coupe originale, des blousons fluo ou parsemés de strass. Marc s'ennuyait, Siggi était intéressé.

— *Traviata*... *La Bohème*... *Paillasse*...

On attendait la robe de mariée. L'inconfort des chaises commençait à se faire sentir.

— Et voici notre surprise, annonça Jeanne, triomphante : *Fiançailles*.

Deux jeunes gens, assez beaux, s'avancèrent pour s'arrêter au tiers du tapis. Tous deux portaient des vestes blanches, un peu plus longues que le smoking classique, et l'étoffe, par bandes brillantes alternant avec d'autres bandes mates, produisait dans la lumière un effet tout à fait original. Les jeunes gens, à peine souriants, se tenaient par la main. Une rumeur s'éleva dans la salle. Derrière Marc et Siggi, trois dames se levèrent et sortirent bruyamment en faisant claquer les portes. Un groupe de jeunes filles applaudissait frénétiquement. Jeanne ne bougeait plus et regardait le tumulte avec satisfaction. Marc eut un mouvement, à peine esquissé, pour se lever. Siggi le retint fermement par le poignet.

— Ne bouge pas. On assume.

Marc se rassit. Il regarda Siggi qui, la tête haute, le défi dans les yeux, souriait aux jeunes filles enthousiastes qui applaudissaient encore.

— On reste jusqu'à la fin, dit Siggi.

Marc avait retrouvé son flegme habituel.

— Tu as raison.

Ni vous sans moi, ni moi sans vous

Siggi avait raison, et lui avait raison d'avoir aimé Siggi. « Je ne me suis pas trompé », pensa-t-il. Et une grande paix l'envahit, tandis que la pagaille se poursuivait pendant l'évacuation de la salle.

IV

Molly n'était pas malade, simplement fatiguée. Mais fatiguée jusqu'à l'épuisement. « Cossarde » disait sa sœur Odile, et à Evelyne qui faisait tout dans la petite maison : « tu es trop bonne ». Odile vendait des fringues au marché de Saint-Omer, non sans succès, surtout pour les dessous mauves, roses, en dentelles et à fleurs, qu'elle conseillait à sa clientèle (la postière, la bouchère, la petite stagiaire de l'avocat à manoir, qui espérait un jour l'attirer en faisant sa lessive dans le parc). Odile se procurait cette pimpante marchandise à l'usine même, se levait tôt, se couchait tard, et s'était privée d'une chambre pour loger Molly et Evelyne côte à côte.

— Ça ne t'ennuie pas d'être dans sa chambre ?

— Mais non, tu sais bien... disait Evelyne en rougissant.

— Ah! Oui! Vous avez déjà voisiné, s'esclaf-fait Odile, puis plus sérieusement : mais le temps a passé tu sais.

Le temps passait, Evelyne s'habituait, heu-reusement elle faisait la cuisine assez bien (avec un pâle souvenir de Jean-Baptiste et même de Gérald), ce qui réjouissait Odile, qui revenait de ses marchés en plein vent avec un appétit d'ogre.

Fameuse, l'incendiaire! En pouffant de rire, car elle avait plus de cœur que de tact.

— Tout de même, dit Evelyne un jour, comme l'hiver approchait et qu'elle se lançait dans de réconfortants ragoûts, tu ne trouves pas que Molly mange de moins en moins?

Exceptionnellement Odile resta sérieuse, pres-que grave.

— Le docteur viendra samedi, dit-elle, je veux lui parler, tu pourrais peut-être tenir le stand l'après-midi?

Naturellement, Evelyne accepta, prit la liste des prix, et pour la première fois depuis sa sortie de prison, eut un peu envie de rire en se voyant à la tête de toutes ces combinaisons pastel et de ces panties en dentelles, qu'elle recommandait consciencieusement à la clientèle empressée du week-end. Ça la changeait de la petite maison, de la tristesse de Molly, qui avait bien changé, et de la rude cordialité d'Odile, parfois un peu pesante. Le marché bruissait de grelots de che-

vaux, encore très utilisés, de grondements de
motocyclettes, des cris qui s'intensifiaient à
mesure que, le crépuscule venant, la foule se res-
serrait. Tout ce mouvement avait distrait Evelyne. La petite maison un peu sombre, un peu
humide où elle disposait de bien peu de place
valait certes mieux que la cellule qu'elle avait
partagée avec Molly et avec d'autres compagnes
moins souhaitables. Mais elle commençait à s'en
lasser, Odile s'accoutumant à lui faire faire cuisine, ménage, et même entretien du jardinet, et
surtout Molly, si gaie, si insouciante, chaque
jour plus fatiguée et ne se levant plus. Le docteur venait tous les samedis, ce dont Evelyne ne
se plaignait pas. Elle prenait plaisir à s'en aller
dans la camionnette d'Odile, à étaler ses mar-
chandises colorées, et même à les vendre, ce à
quoi elle ne réussissait pas mal. Odile en parut
d'abord toute contente, pour elle aussi c'était
peut-être un changement, et qui sait, le jeune
docteur lui plaisait peut-être, et n'était-ce pas
pour elle-même plutôt que pour Molly qu'elle le
convoquait si régulièrement dans sa cuisine, où
elle le grisait de genièvre. Elle extirpa de son
stock une canadienne toute neuve et très bien
doublée dont elle fit cadeau à Evelyne, l'hiver
étant devenu très froid, et l'habitude s'étant
prise de céder « le stand » – Odile parlait ainsi – à
Evelyne le samedi et parfois même le dimanche.
Evelyne, avec les robes neuves qu'Odile lui

laissait « à prix coûtant » avec sa chaude canadienne molletonnée, et ce peu de liberté qu'on
lui concédait maintenant, cicatrisait petit à petit,
retrouvait l'appétit, un peu de joie de vivre (non
qu'elle en eût jamais possédé une quantité pro-
digieuse), était moins pâle, oubliait la prison,
oubliait l'incendie, n'avait pas même à oublier sa
fille Julia, elle n'y pensait jamais.

Déjà près d'un an avait passé : elle attendait le
printemps comme un enfant l'attendrait, pour
les mille petites joies que la saison lui apporte-
rait, fruits, fleurs, pique-niques dans la campagne, foires aux bestiaux, nouveaux visages... Il
était trop tôt pour qu'elle pensât à un avenir
quelconque. Mais un jour elle y penserait. Un
jour elle écrirait à Gérald – elle ne retournerait
jamais ni à Bruxelles ni à Gand, mais Saint-
Omer, ce n'était pas le bout du monde. Il répon-
drait peut-être, il lui avait bien envoyé de
l'argent en prison, c'était sûrement lui. Jean-
Baptiste ? Une ombre qui s'effaçait, une ombre
pas désagréable, un rêve d'adolescence évanoui
au réveil. Tout s'effaçait, du reste, et cette péri-
pétie de l'amitié de Molly qui avait arraché Evelyne aux malédictions de sa mère et au mépris
public, la déposant, comme une fée, dans la
petite maison de Saint-Omer, au milieu des
combinaisons roses et des tee-shirts publici-
taires, n'était elle-même qu'à moitié vraie. Tant
qu'elle serait là, pensait-elle obscurément, dans

cette petite vie si réglée, si gentiment morne, rien ne pourrait lui arriver.

Et pourtant ce fut un samedi, comme elle rangeait la camionnette sur le bout de terrain vague qui servait de garage, qu'Odile (elle portait un pull-over orange, le docteur était venu) vint vers elle, qui s'apprêtait à retirer les longues boîtes de plastique contenant les sous-vêtements restants et dit :

— Ne déballe pas. Je pars.

— Tu pars ? Mais où ? Et pourquoi ?

Odile rabattit le couvercle du coffre. D'un geste, elle attira Evelyne vers la petite cuisine blanche et bleue où demeuraient encore deux verres sales sur l'évier.

— Pneumonie, dit-elle, et leva le doigt vers le plafond pour bien se faire comprendre.

— Mais c'est contagieux ?

— Voyons ! D'ailleurs si je l'avais su, je ne t'aurais pas mise dans sa chambre.

— Mais si tu avais su quoi ? Si elle souffre d'une pneumonie, ça ne peut pas être depuis longtemps ?

Elles se regardèrent un moment avec une sorte d'hébétude, l'une ne sachant comment s'expliquer, et l'autre, que comprendre. Ce fut plutôt la pâleur, la gravité, et presque, sur le visage habituellement cordial d'Odile, la peur, qui éclairèrent Evelyne.

— Et tu pars ? finit-elle par demander.

Le blâme timide contenu dans cette question déclencha la colère d'Odile qui peut-être se blâmait elle-même.

— Tu ne penses pas que je vais rester dans une maison où il y a le sida ? cria-t-elle, congestionnée, les yeux pleins de larmes de fureur.

— Tu veux la laisser seule ? demanda Evelyne, stupéfaite.

— Le docteur viendra demain. Il amènera une infirmière. Ou alors il la transférera à l'hôpital. Alors, tu te décides ? Si j'étais toi, je ne prendrais même pas mes affaires. On a tout ce qu'il faut dans la camionnette. Des choses empaquetées, qui ne sont jamais entrées dans la maison.

Evelyne en était comme clouée au parquet. Fuir comme cela, sans savoir où aller, abandonnant une malade incapable de se lever, de se nourrir.

— Oh ! Non, murmura-t-elle, sachant à peine ce qu'elle disait. Je ne peux pas faire ça. Non.

Odile sortit de la cuisine avec violence, ouvrit la portière de la camionnette.

— Les clefs ? cria-t-elle.

Sa voix brutale. Evelyne n'avait jamais remarqué jusqu'à ce jour combien cette voix était brutale. Elle croyait qu'elle s'entendait bien avec Odile, et même qu'elle lui devait de la reconnaissance.

— Elles sont dessus.

La portière claqua, le moteur gronda, Odile fit une marche arrière assez maladroite dans le sentier, puis fila en direction de la nationale. Comme ça, sans une recommandation, sans un au revoir. Elle avait beau avoir beaucoup appris en prison, Evelyne n'en croyait pas ses yeux. La camionnette disparut au tournant de la route et lentement, comme brisée de fatigue, Evelyne rentra dans la maison silencieuse, monta au premier. Molly dormait, pâle, de grands cernes violets sous les yeux, le souffle irrégulier et difficile. Il y avait quelques mois seulement, quand elle était venue attendre son amie rue des Récollets, elle était si jolie, d'une telle fraîcheur, sous son petit béret d'étudiante!

— Est-ce normal que la maladie ait progressé si vite? demanda Evelyne le lendemain au docteur Dufresne.

— Elle était dans une période de rémission, dit le jeune médecin tristement. Je la soignais déjà quand... enfin, quand vous l'avez connue. Mais les circonstances ne m'ont pas permis...

Il rougissait, il bafouillait un peu. «Voilà, pensa Evelyne en retenant un sourire, quelqu'un de plus timide que moi.»

Quand il fut établi qu'elle, Evelyne, ne partait pas, qu'elle soignerait son amie aussi longtemps qu'il le faudrait, le docteur Dufresne devint plus amical, s'inquiéta de ses moyens de vivre, puisque Odile était partie. Il apprit d'abord à Evelyne que la petite maison appartenait en propre à Molly, à laquelle ses parents, qui

avaient pour elle une préférence, l'avaient laissée. Ils n'étaient pas riches mais ils possé-
daient encore une petite ferme, en Belgique, et
c'était là certainement qu'Odile était allée se
réfugier.

— On ne la reverra pas, soyez-en sûre,
jusqu'à ce que tout soit fini, dit le docteur, qui
paraissait s'être mal entendu avec la joviale
Odile. Et à ce moment-là elle reviendra vous
réclamer des assiettes et des poêlons...

— M'expulser peut-être ?

— Non, non, ne craignez rien. En arrivant
Molly a fait un testament où elle vous laisse la
maison. Je l'ai signé et le facteur aussi, comme
témoins. Elle connaissait sa sœur, voyez-vous. Si
la maison avait appartenu à Odile, elle ne vous
aurait même pas reçues. J'ai essayé de lui cacher
la... enfin, ce qu'avait notre pauvre Molly, mais
elle s'est informée, elle a même pris contact
avec... la rue des Récollets, et voilà, elle part en
vous abandonnant toutes les deux.

La vie s'organisa autrement. Le docteur Dufresne venait chercher, avec sa propre voiture,
Molly tous les huit jours pour qu'elle fût exami-
née à l'hôpital Vésale, où lui-même travaillait, et
ainsi lui vint l'idée qu'Evelyne pourrait elle-
même, très modestement, y travailler, fût-ce à
mi-temps ; et il lui fit de fausses lettres de
recommandation. Pas mal pour un timide. Evelyne récura les couloirs, puis servit à la can-

tine, puis porta les plateaux aux malades hospi-
talisés, bien que ce ne fût pas réglementaire,
mais les malades l'appréciaient, alors le médecin eut encore une initiative : qu'Evelyne suivît
des cours pour devenir aide-soignante. Là, il
fallait carrément mouiller le directeur ; on ne
pouvait pas aller jusqu'aux faux papiers ; mais
le directeur, qui avait été éducateur, arrangea
l'affaire, mais pas de mi-temps, hein ? Plein
temps, et c'était si peu payé que presque du
bénévolat. Si l'état de Molly s'aggravait, on lui
garderait un lit dans l'hôpital et même, si possible, une chambre seule où Evelyne pourrait
éventuellement dormir aussi, et alors, pour du
plein temps ce serait du plein temps. Elle ne se
plaignit pas, bien qu'on en fût assez vite à ce
stade. Maintenant que c'était dans les mains du
directeur, le docteur Dufresne ne pouvait plus
rien, et le directeur prenait de grands airs de
générosité. Molly se mourait avec beaucoup de
discrétion, avec de temps en temps une heure
où elle était elle-même, le rose aux joues et les
yeux brillants, et racontant à Evelyne comment
elle avait « piqué » trois robes à Inno, en les enfi-
lant l'une sur l'autre. Puis le silence retombait, le
sourire se noyait lentement sur un visage rede-
venu blanc, mou, comme dégonflé. On ne parlait plus de pneumonie, mais de cancer du
poumon qui s'installait ; on eut des ballons
d'oxygène et les yeux désespérés de Molly qui

semblait croire qu'au lieu de faciliter sa respiration on allait la noyer.

— Ça va plus vite qu'on ne... dit le directeur et il s'arrêta, Evelyne aurait parié n'importe quoi qu'il allait dire : « qu'on ne l'espérait », mais il se freina.

Molly mourut assez doucement, bourrée de morphine et serrant les mains d'Evelyne. On avait tenté de prévenir Odile, qu'on croyait dans sa fermette belge, mais qu'elle y fût ou non, on n'obtint aucune réponse. Comme Molly l'avait désiré, la petite maison revint à Evelyne. Le directeur en profita pour lui conseiller d'acheter une voiture à crédit, ce qui lui permettrait de vivre un peu chez elle (et de libérer un lit) – il disait cela d'un air paternel inimitable –, et d'être tout de même à l'heure à l'hôpital où le travail ne manquait pas. Il y eut une petite Suzette qui souffrait d'une tuberculose avancée (« Oui, la tuberculose revient » disait le docteur comme s'il attendait un invité), puis toutes sortes de vieux sortis de la campagne comme des insectes émergeant de terriers ou de troncs d'arbre, et affligés d'une quantité de maux obscurs, secrets ou purulents qui semblaient s'être transmis depuis le Moyen Age.

Evelyne aurait bien voulu faire une formation de kiné, mais alors là, non, c'était au-dessus des pouvoirs du docteur, et puis avec un casier judiciaire ! Alors elle s'entraînait discrètement au massage, une infirmière qui s'appelait Aurore lui montrait les prises de sang, le tensiomètre, et même les rayons (ultraviolets) parce qu'ils faisaient peur aux autres aides-soignantes qui, à peine le malade allongé, fuyaient hors de la pièce avec une terreur disproportionnée d'être irradiées. Alors Evelyne y allait, c'était tout à fait irrégulier, si jamais un accident se produisait elle serait responsable et le docteur qui l'employait sans diplôme, peut-être parce qu'il la payait peu, mais surtout parce qu'il pouvait dire à tout le monde, sous le sceau du secret : « Vous voyez, une réhabilitation complète... J'ai risqué le coup sur le conseil de Dufresne, et cette fille c'est le dévouement même... Ça existe, vous savez, l'expiation, le rachat... » Là-dessus il partait sur l'histoire du docteur Bougrat de Marseille, accusé à tort ou à raison, envoyé en Guyane, évadé, et devenu au Venezuela une sorte de saint.

Evelyne s'arrangeait pour disparaître quand elle voyait que l'histoire, cent fois répétée, recommençait. Elle prenait un après-midi, elle gagnait la petite maison, elle lavait, elle frottait, elle se racontait une histoire, que Molly allait revenir, sauvée par un médicament miracle, elle repeignait la cuisine en bleu. Ce qu'elle faisait là, dans cette maison, d'où elle voyait pousser les bourgeons, s'épanouir brièvement le magnolia planté par les parents de Molly, tomber les fleurs, jaunir les feuilles, et parfois (deux fois, trois fois!) tomber une molle neige d'hiver, ce que faisait le temps pendant qu'elle était là, dans ce silence béni, comment il passait, combien de saisons avaient disparu déjà, elle ne se le demandait pas. C'était son oxygène, ce silence, cet oubli de tout, ce joli petit logement où rien n'était à elle, où rien ne lui rappelait rien. Après, à nous les plateaux, les bassins, les thermomètres, les bavardages incohérents du 7, les efforts de la vieille dame du 9 pour lui apprendre le tricot. Le temps, le temps. Pour un Noël, lequel? Aurore, une masseuse, voulut lui offrir une petite radio, mais Evelyne refusa avec une sorte d'effroi. Oh! Non, pas ça. Ne plus rien savoir, jamais.

— Alors, ça s'est passé comment, ce mariage? dit Gérald distraitement.

— Je n'y suis pas allée.

Il fut surpris, non tant de la chose que de l'humeur sombre de Tania. Comme il avait l'air interrogateur, elle dit encore, presque agressivement :

— Qui se mariait? (Il se tourna vers sa discothèque pour prendre un disque, indifférent à la réponse qui du reste ne vint pas.)

— Il était marié, Vivaldi? demanda Tania, brusquement.

— Je ne savais pas que tu t'intéressais à Vivaldi. Il a vécu avec une femme, une cantatrice, Anna Giro, je crois, jusqu'à la fin de sa vie.

— Et il ne l'a pas épousée ?

— Il ne l'a pas épousée parce qu'il avait été prêtre. Du moins je le suppose.

— Peut-être tout simplement parce qu'il n'en avait pas envie.

— Je ne vois pas pourquoi, tout à coup, tu t'attaques à Vivaldi. Tu n'aimes pas la musique.

— Je parle de nous deux, pas de Vivaldi. Ce n'était qu'un exemple.

— Un exemple de quoi ? Puisqu'il ne s'est pas marié !

— A cause de l'époque. Parce qu'il y avait une différence sociale. Et sans doute, tu trouves que je ne suis pas assez bien pour toi parce que j'ai été vendeuse.

La surprise de Gérald parut sincère.

— Il n'y a pas de mal à être vendeuse. On pourrait dire, puisqu'elle travaillait dans le restaurant de mon père, qu'Evelyne était serveuse.

— Ah ! Evelyne maintenant ! Ça faisait longtemps qu'on n'en avait pas parlé, d'Evelyne ! Quand c'est Julia, passe encore. Mais toi ! Toi !

Gérald n'en revenait pas. Tania, si douce, si peu exigeante, au bord de la colère. Et cette idée de mariage... cela venait sans doute du mariage de ses amis – qu'il ne connaissait même pas. Ou alors de son cher patron, qu'elle citait à tout

263

propos, ou d'un autre, d'un homme qui lui aurait proposé... Est-ce qu'elle aussi, elle allait l'abandonner? Notez qu'il s'en moquait, mais enfin, de quoi est-ce qu'il aurait l'air?

Il fit un effort de patience, posa le disque sur la platine, mais ne l'enclencha pas.

— Qu'est-ce que tu as? Tu es malade?

— Parce que je te parle de mariage, je suis malade?

Un homme, certainement. Cette agressivité, ça ne ressemblait pas à Tania. Ah! non! Ça n'allait pas recommencer! D'ailleurs, un départ éventuel de Tania ne lui importait que dans la mesure où il raviverait la douleur toujours présente de la perte d'Evelyne. Un homme? Il ne le savait pas, mais il sentait obscurément cette ombre derrière le visage crispé de Tania.

C'était Philips. Chaque fois qu'elle le voyait, il insistait «pour que la situation devînt claire». Il devait être un peu amoureux d'elle, ça lui aurait fait du bien, à Tania, sans les meubles d'acajou (sûrement un héritage de la mère de M. Philips) et de petits détails qui dénotaient la gêne – par exemple, quand elle venait, il lui offrait soit du xérès, soit du martini, des bouteilles neuves qu'il fallait déboucher et qu'il avait dû acheter le matin même, avec les biscuits secs, un assortiment bon marché. Et ses manches qui portaient de petits appui-coudes en daim pour faire anglais, mais qui étaient maladroitement cousus par une servante ou dans l'un de ces magasins où l'on fait des retouches en une heure. D'ailleurs, la première fois qu'elle était venue, elle n'avait pas remarqué ce *raffinement*, il avait dû le faire faire pour l'impressionner, et à chaque fois une chemise blanche, impeccable – tout de même, ça la touchait, et en même temps ça la faisait réfléchir sur sa garde-robe : tout ce qu'elle avait de bien venait de Julia. Gérald aurait bien pu... Et Philips, qu'elle appelait Charles maintenant, jugeait sévèrement l'homme riche qui n'habille ni n'épouse sa maîtresse. Elle faisait jeune, c'est vrai, elle ne paraissait absolument pas son âge, mais enfin, il vient un moment où les choses paraissent définitivement installées, il est trop tard pour y rien changer. Gérald s'était habitué au confort d'avoir cette jolie femme à ses côtés, faisant toutes ses volontés. Charles était parvenu à savoir bien des choses, sans trop de peine, car Tania avait depuis si longtemps besoin de s'épancher, et avec Julia ce n'était qu'à moitié possible, Gérald étant son père ; et quant aux Jacques, Xavier et autres qui l'emmenaient inaugurer des restaurants ou à l'Opéra, avec eux elle jouait les femmes comblées, un peu désabusées ; avec Charles elle se montrait telle qu'elle était, la petite Tania, qui aurait voulu un vison et n'avait qu'un astrakan démodé, qui faisait copier des modèles de couturier par une petite ouvrière de chez Heller, et qui n'avait pas osé, jusque-là, demander calmement à Gérald pourquoi il ne l'épousait pas.

— Tu n'as jamais dit que tu ne te remarierais pas.

— Jamais avec toi, en tout cas ! cria-t-il exaspéré.

Oui, un homme qui la conseillait, la poussait, la voulait pour lui peut-être, si lui Gérald ne se décidait pas. Du chantage, au fond, à peine voilé.

— Mais enfin, dit-elle bêtement, désarçonnée par cette colère – elle pensait qu'il y aurait moyen de discuter, sans arriver peut-être à une décision, mais enfin que le problème soit posé, que Gérald se posât la question ; c'était ce que Charles supposait qui devait se passer, parce que Charles était un homme pacifique, connaissant la vie, juste, voilà le mot, juste ! Il se rendait compte que Tania avait été spoliée et il se fût presque dit que Gérald avait abusé de ce qu'il appelait son innocence. La candeur de la petite Tania.

— Moi, vous n'auriez pas eu besoin de me le demander deux fois. Je vous aurais épousée tout de suite.

— Vraiment ? dit-elle.

Et malgré les meubles en acajou, la veste mal coupée, le petit bureau poussiéreux, la sincérité

de Charles, si évidente, l'émerveillait. Alors pourquoi pas Gérald ?

— Mais enfin, pourquoi pas ?

Et Gérald qui cherchait à fuir, cherchait
désespérément une réplique, une raison (il n'y
en avait pas, ou bien, peut-être...).

— Et si Evelyne revenait ? lui lança-t-il furieu-
sement, sans trop savoir ce qu'il disait.

L'effet qu'il pensait produire, Tania vexée,
mortifiée, sortant de la pièce, explosa : Tania,
éclatant en sanglots, à demi évanouie sur le sofa,
eut encore la force de hurler :

— Tu sais où elle est ! Tu lui as écrit ! avant
de s'évanouir tout à fait. Il fallut appeler le
docteur, il promit qu'il arrivait, il lui ferait
une piqûre calmante. Gérald n'en revenait pas.
Qu'est-ce qui s'était passé au juste ? Qu'est-ce
qu'il était censé savoir ? Dans son désarroi, il
fit ce qu'il n'aurait jamais cru faire depuis des
années : il appela Julia à son secours.

— Viens, viens aussi vite que possible. Tania
a une crise de nerfs, je ne sais pas comment
réagir.

— Qu'est-ce que tu lui as fait ? dit la voix
dure de Julia.

— Moi !

Gérald était l'innocence même.

— Mais qu'est-ce qu'elle a dit ?

Julia rassemblait un flacon de sels, une
mignonnette de cognac – c'est quand on en a
besoin qu'on ne les trouve pas chez soi –, des

mouchoirs, appela le docteur Morton qui habitait tout près de l'agence, et partit en laissant un
mot, assez confus, à Fred. Sa voiture ne démarrait pas. Elle chercha un taxi. Essoufflée, in-
quiète, elle déchiffrait mieux que son père ce
qu'il appelait « les cris hystériques » de Tania.
« Tu le savais ! Tu lui as écrit ! » Mais Gérald,
ignorant leurs démarches auprès de Philips, restait stupéfait.

Le docteur fit une piqûre à Tania, conseilla de
la coucher, et après « une bonne nuit de sommeil » elle serait « comme neuve ». C'était sa
façon de s'exprimer, à ce docteur qui, en dépit de
la consonance anglo-saxonne de son nom, venait
de Singapour. Malgré un racisme latent qui avait
marqué ses débuts à Bruxelles, son obligeance
intarissable, l'intérêt réel qu'il portait à ses
patients, accompagné d'un goût certain pour les
ragots (trait belge ? malais ?) l'avait vite fait
admettre, et même aimer. Et puis il faisait autant
de visites à domicile que l'on voulait. Gérald,
puis Julia avec plus de prudence, essayèrent de
lui expliquer. Mais Gérald ne put qu'avouer que
c'était sur son affirmation qu'il ne se remarierait
pas que Tania, après un cri, avait aux trois quarts
perdu connaissance.

— Mais, soit dit sans indiscrétion, est-ce
qu'elle ne le savait pas ?

— Mais si, mais si, dit Julia agacée.

Elle pensait très peu à Tania ces derniers
jours, elle voulait aller voir Philips et lui extor-

quer l'adresse actuelle de sa mère. Philips disait à Tania que le secret professionnel, et puis cette pauvre femme avait assez souffert... Comme le directeur de l'hôpital de Saint-Omer, il murmura les mots de rachat, repentir... Il savait même, comment? qu'Evelyne se consacrait aux malades les plus gravement atteints, voire contagieux.

— Mais alors on peut la joindre par l'hôpital, demandait Julia, palpitante d'espoir.

Gérald ne disait rien, mais, très pâle, s'était laissé tomber dans un fauteuil. Dans la pièce à côté, dont la porte restait entrouverte par précaution, on entendait Tania gémir faiblement. Le docteur accepta sans façon un verre de cognac, et malgré l'heure matinale, Julia s'en versa un aussi. Une conversation allait s'engager, tant bien que mal (peu exigeant pour ses honoraires, Sadi Morton se payait en nature, et peu de médecins bruxellois en savaient autant sur les intrigues et les aventures de la meilleure société) quand un cri s'éleva dans la chambre d'amis. Dressant son corps frêle, crispant son visage chiffonné, Tania s'écria d'un ton furieux et désespéré :

— Et eux, ils sont mariés ! Les salauds ! Les salauds !
et elle retomba comme une poupée crevée, toute molle, sur le lit. Le médecin se précipita. Gérald regardait Julia sans comprendre.

269

— Mais qu'est-ce qu'elle veut dire ?

— C'est le choc, expliqua Julia avec une compassion un peu méprisante. Marc et Siggi Heller se sont mariés avant-hier.

Gérald, qui, au contraire de Morton, n'était jamais au courant de rien :

— Tu as dit Marc ? Ton voisin ? Et il a épousé qui ?

— Son petit ami, dit Julia avec flegme. La nouvelle loi, tu sais ? Ils ont même donné une petite réception à la Pagode. Nous étions invitées, mais Tania a refusé d'y aller, elle a dit que ça lui briserait le cœur.

— Ah ! dit Gérald.

Un peu plus tard, Morton parti, Tania, cette fois solidement endormie, Julia regardait son père. Elle avait retrouvé son calme, mais ne comprenait toujours pas comment Gérald et Tania, dont les rapports lui paraissaient si ternes, en étaient venus à cette violence. Et après tout, Gérald, solitaire et ennuyé, pourquoi n'épousait-il pas Tania – ou une autre ? Mais il n'en connaissait pas d'autre. A l'Opéra, au théâtre, au bord de mer, il emmenait partout Tania, trottinant à ses côtés comme un petit chien. Julia n'était pas sûre qu'il lui fût beaucoup plus attaché qu'à un petit chien. Mais était-elle plus attachée à Fred ? Il lui vint cette pensée brusquement que ni lui ni elle n'avaient beaucoup de cœur, sans doute pas beaucoup de facilité à aimer – et pourtant elle

270

n'avait jamais oublié sa mère; c'était peut-être même ce profond chagrin silencieux qui avait étouffé tout le reste. Elle n'aimait pas son père, elle avait pour Tania une tiède affection, et Fred, mon Dieu, Fred lui tenait compagnie.

— J'ai bien épousé Fred, dit-elle tout haut, après un silence.

On n'entendait que le souffle régulier de Tania dans la pièce à côté. Le docteur Morton n'y avait pas été de main morte.

— Qu'est-ce que ça veut dire, j'ai bien épousé Fred?

Gérald était au bord de la colère, avec un peu de frayeur qui s'y joignait. Il n'avait pas l'habitude des conversations avec sa fille.

— Pourquoi n'épouserais-tu pas Tania?

— Mais je suis marié! cria Gérald à pleine voix.

— Divorcé.

— Comment le sais-tu?

Il s'était levé, menaçant, puis sentit l'inutilité de cette démonstration, se calma. Julia, s'attribuant les mérites de la recherche de Tania, répondit avec cette douceur froide dont elle usait avec son père :

— Ce n'était pas bien difficile à savoir.

Il était retombé assis dans son fauteuil, pâle. Il eut un peu de mal à reprendre la parole. S'en aller? Mais il était dans son bureau, Tania dans la chambre d'amis, Julia sur un petit tabouret qui barrait à demi l'entrée. Il finit par dire d'une voix rauque qui effraya sa fille :

— Et le reste ?

— Quoi, le reste ? balbutia-t-elle.

Elle aussi aurait voulu partir, mettre fin à une scène qu'elle ne comprenait qu'à moitié. Gérald tenait-il plus à Tania qu'elle ne l'avait cru ? Pourquoi refuser de l'épouser, alors ? Avait-il – elle alla jusqu'à se demander cela, qui était tout à fait nouveau pour elle – une autre femme dans sa vie ? Son père ? Si froid, rancunier, n'aimant rien au monde (que son Vivaldi) – c'était ainsi qu'elle le voyait, et parce qu'il ne l'avait pas aimée, du moins le croyait-elle, il lui semblait qu'il ne pouvait aimer personne. Aussi, loin de l'indigner, l'idée qu'il pourrait vivre avec une autre femme, n'importe quelle femme, lui aurait été assez douce, si la pensée de sa mère ne lui avait barré le chemin.

— Quoi, le reste ?

— Eh bien, ses autres malheurs, sa fuite...

— Au Japon ? dit Julia avec une tentative d'ironie.

— Si je savais... dit Gérald, accablé.

Tania savait. Le petit détective savait. Julia pourrait le savoir, si elle le voulait vraiment. Et même Gérald, s'il l'avait voulu, s'il n'avait pas autant détesté la femme qui l'avait quitté, aurait pu savoir.

— Je disais le Japon parce que tu étais encore si jeune, dit-il brusquement.

272

— Et parce que tu voulais me faire comprendre que je ne la reverrais jamais. Mais j'espérais tout de même.

— Tu espérais, toi? Tu oublies tout ce que tu m'en as dit. Une femme qui vous quitte, qui quitte son enfant... dit Gérald lourdement.

— Mais elle ne voulait pas te quitter! C'est justement pour ça qu'elle a...

Les mots ne lui venaient pas et tout de même, elle avait une horreur physique de l'acte qu'elle imaginait, dans ce petit hôtel, et que Tania lui avait raconté avec tant de naturel. Elle se reprit :

— Quand je l'ai su, j'ai d'abord été soulagée, mais soulagée, presque heureuse...

La voix lui manqua. Ils se regardèrent.

— J'aurais dû te le dire plus tôt, mais j'ai pensé que tu comprendrais... Et puis comme elle ne faisait pas signe, n'écrivait pas...

— Parce que toi tu écrivais! s'indignait Julia.

Son père lui fit signe de parler moins fort à cause de Tania, à côté. Il s'était relevé, faisait mine de chercher quelque chose dans la bibliothèque, par pudeur.

— J'ai écrit à la prison, envoyé de l'argent, murmura-t-il.

Julia se taisait. Ce n'était pas de l'incrédulité, c'était une impossibilité à accommoder, comme un brouillard dans le cerveau. Cet homme-là, c'était son père qu'elle avait toujours méprisé, qu'elle fuyait en se disant qu'elle faisait comme

273

l'autre, comme sa mère, et tout à coup, dans ce dos voûté, ces mains qui tremblaient un peu en fouillant dans sa discothèque, elle voyait une tristesse, un accablement, qu'elle avait éprouvé elle-même tant d'années. Mais enfin, il mentait peut-être ? Pourquoi aurait-il menti ? Et s'il ne mentait pas pourquoi n'avait-il pas cherché, payé quelqu'un comme ce Philips.

Alors elle pensa à l'amant, à l'homme qu'Evelyne avait peut-être aimé : l'avait-il reprise, convaincue – pourtant, il n'avait pas paru au procès. Evelyne, abandonnée elle aussi ? Mais si elle l'avait aimé, son amant, elle aurait gardé l'enfant. C'était Julia qu'elle aimait, Gérald peut-être aussi. Et jamais revenue ? Mais est-ce qu'on revient, dans un petit pays, dans un groupe d'amis qui tous se connaissent, en proclamant : « Me voilà, je sors de prison. » Et Gérald, n'aurait-il pas pu, lui, aller la chercher, l'imposer à ses amis, déménager, changer même de profession ? Bien sûr, ce sont des idées de petite fille, des idées irréalisables. Ce n'est pas si facile de changer de vie. Et puis tout de même il la détestait ? Non. Ses sentiments devaient fluctuer tout le temps, la détestant, l'aimant. D'où cette paralysie, cette asthénie, ses fureurs sourdes, inutiles, « le Japon ! »... d'où Tania, le mépris secret pour cette pauvre Tania – et toi, ce mépris secret pour le pauvre Fred. Evelyne, lointaine, absente, déclassée, « Jean Valjean, *La*

Lettre écarlate », les dominait pourtant, ôtait tout sens à leur vie, puisqu'elle n'y était plus. « Ah! Ce n'est pas un héros, mon père! Il aurait dû la retrouver, la ramener, ou alors, disparaître lui aussi. »

Un reste de colère brûlait encore en elle, et puis elle vit qu'il s'était retourné, qu'il l'implorait de ses yeux sombres, vagues, des yeux d'animal perdu; il avait tout avoué maintenant, et son peu de forces s'était dissipé avec la conscience soudaine que Julia le voyait comme il était, le jugeait, peut-être même avait pitié de lui. Et Tania qui était là, dans la chambre d'amis, comme un paquet. D'ailleurs c'était sa faute, à Tania; elle s'était prêtée à l'obsession de Julia, elle parlait sans cesse de ce mariage absurde, elle était allée voir un détective – *un détective*. C'est vrai qu'Evelyne lui avait demandé « mais je n'y croyais pas ». Et pourquoi? Pour se rendre indispensable, vivre un roman de son côté, l'impressionner peut-être. Idiote! S'il n'avait pas voulu, de toutes ses forces, oublier Evelyne puisqu'elle ne lui répondait pas, il ne se serait jamais lié avec une Tania. Mais Tania ou une autre, qu'importait? Il ne voulait pas avoir l'air d'être incapable de se trouver une femme. Il ne voulait pas rester seul, le soir, à écouter son Vivaldi. Il emmenait Tania chez son tailleur :

— Qu'est-ce que tu en penses? La veste gris-mauve, ou carrément le truc marron?

C'était une comédie. Il se fichait bien du goût de Tania. C'était pour faire bonne figure chez le tailleur, chez le coiffeur, dans ce restaurant qui venait d'ouvrir, mais à la limite, il aurait pu louer une figurante, il y a des hommes d'affaires qui font cela, en déplacement surtout, mais il ne savait pas à qui s'adresser, et puis ces choses-là se savaient. Il s'en tenait à Tania, qui n'était guère plus pour lui qu'une figurante. S'en doutait-elle ? En tout cas, c'était la première fois depuis qu'il la connaissait qu'elle lui faisait une scène. Qu'elle apparaissait en somme, sous forme d'être humain. Elle avait dû, sans le montrer, être malheureuse. Mais lui aussi avait été malheureux. Et sans doute Julia. Comme s'était-elle exprimée exactement ? « J'ai bien épousé Fred. » Elle aussi avait voulu une compagnie, l'apparence d'une vie normale. Elle aussi, une vie sans amour.

— Tu veux boire quelque chose ? demanda-t-il avec précaution, comme s'il parlait à un grand blessé.

Elle fit signe que oui. En tant d'années, c'était la première fois qu'il lui offrait quelque chose. Il versa deux verres de whisky, lui en tendit un, garda l'autre. Elle s'approcha de lui pour prendre le verre, posa sa tête sombre sur l'épaule de Gérald. Ils restèrent appuyés l'un contre l'autre, ainsi, quelques minutes.

*_**

Le bureau tout acajou de Charles Philips
aurait tenu entre trois ou quatre fois dans le
living de la place Stéphanie. L'appartement, derrière, comportant une chambre, une salle d'eau,
et une cuisine paradoxalement assez grande faisait, comparé au sixième étage des Chaumette, à
son escalier pompeux de faux marbre, à son
antichambre carrelée blanc et noir sous des tapis
autrefois soldés, mais que l'usure et la poussière
avaient ennoblis, figure de maison de poupée.
De la chambre on voyait des arbres, un petit
bout d'étang assez marécageux, et des canards
sympathiques. C'était ce que Charles Philips
appelait « la vue ». Bientôt Tania dira « la vue ».
Bientôt Tania chargera dans un minibus loué à
l'heure ses châles péruviens, le beau service un
peu ébréché qui vient de sa mère, ses quatre tail-
leurs simili-Chanel et quelques peignoirs orien-
taux qu'elle arrange adroitement en robe du soir
si besoin est. Bientôt Tania se rendra compte
que, de cette longue cohabitation avec Gérald, et
en dehors de quelques gestes généreux de Julia,
chapeaux, chemisiers, et même chaussures (mais
c'était Julia, n'est-ce pas ? *une amie*), elle n'aura
retiré aucun bénéfice. Logée, nourrie, comme
une gouvernante – et pas de bijoux, Gérald n'est
pas homme à offrir des bijoux, et puis Evelyne

n'en avait pas, n'aimait pas ça. Une montre. Il lui avait offert une montre, une belle montre, c'est vrai, un ancien modèle octogonal de chez Cartier. Pour son anniversaire. Mais c'était comme si elle n'en avait eu qu'un, d'anniversaire (et pourtant même Noël revient tous les ans), parce qu'il n'en avait plus parlé, pas même pour le lui souhaiter. « Ce n'est pas par avarice, je ne crois pas, dirait Charles plus tard, quand, confortablement installés dans la cuisine, ils discuteraient de ce qui serait alors " le passé ". C'est parce qu'il t'en voulait, d'être là à la place de sa femme. C'est injuste, bien sûr, mais... » « Mais il la détestait ! » protestait Tania. « Voyons, Tania, réfléchis un peu. » Et elle réfléchissait, puisque c'était lui qui le lui demandait. Oui, au fond, peut-être. Il n'avait pas tout à fait pardonné, mais il la regrettait quand même... « On ne peut pas lutter dans ces conditions, dirait-il de son air de conseiller neutre, mais consciencieux. » « Je n'avais pas tellement envie de lutter », dirait Tania.

Il irait travailler, recevoir des clients dans son petit bureau, autrefois meublé par sa mère. De la cuisine elle entendrait sa voix, mais elle n'écouterait pas. Ce serait sa musique à elle, elle s'installerait sur ce fond sonore, dans cette cuisine qui ressemblait beaucoup à celle qu'avait possédée sa mère à elle. Ainsi seraient-ils, Charles et elle, entourés de souvenirs, d'anecdotes qu'ils mettraient des années à se raconter. Ils ne parleraient ni de Gérald, ni d'Evelyne, ni d'un premier mariage raté (Charles), ni d'un divorce (Tania), rien que de leur enfance, d'un ou deux voyages qu'ils avaient faits, ou qu'ils feraient plus tard. Parfois, quand ils hésiteraient sur la date de leur mariage, Tania penserait très fugitivement que les Heller seraient contents, eux qui souhaitaient pour elle une fin morale et peut-être même qu'ils la réengageraient aux Petits Princes, ce qui financerait les voyages rêvés. Mais même les Heller seraient loin, dans son esprit apaisé. Quand Charles serait trop occupé, elle ferait des mots croisés dans la cuisine, ou réunissant les tickets de réduction de la grande surface où elle se servirait désormais, elle les collerait soigneusement sur la grande feuille qu'elle présenterait, à la fin du mois, pour recevoir un modeste cadeau, mais ce serait un cadeau tout de même. Comme Charles, comme tout ce qui l'entourerait désormais, cadeaux. Cadeaux de noces.

Julia prit un train, puis un bus. Il y avait à un moment donné une correspondance, elle faillit la manquer, mais un vieil homme compatissant l'aida à monter dans le train, lui trouva une place, mit entre ses mains un journal. Elle vit sur son visage qu'il la croyait en deuil. Elle s'était habillée tout en noir, mais par inadvertance en quelque sorte, il n'y avait aucune couleur qui lui avait paru aller avec son projet, retrouver sa mère. Elle aurait pu prendre la voiture de Fred, mais alors cela aurait entraîné des explications et qui sait si Gérald n'aurait pas voulu l'accompagner. Horreur de cette réunion de famille ! Alors qu'il faudrait tant de précautions, pensait-elle, de délicatesse. Rien que les mots « C'est moi, c'est Julia », comment les prononcer ? Car elle ne la reconnaîtrait pas.

Maintenant elle était dans ce bus, qui s'arrêterait tout près de l'hôpital de Saint-Omer. Elle savait que sa mère n'habitait pas loin. Le bus bondissait, elle avait le sentiment d'être secouée dans un sac de pierres, elle faillit en rire. Alors le bus s'arrêta. Il y avait un arrêt de chaque côté de la chaussée, mais du côté où Julia descendit, un chemin mal empierré conduisait à une cour, à une maisonnette blanche, et il n'y en avait qu'une. Le bus repartit. Julia ne bougeait pas. Dans les romans, le héros confronté à telle surprise se demande s'il rêve. Julia ne rêvait pas. Elle était à une cinquantaine de mètres de la maison, elle ne rêvait pas, et elle entendait s'échapper par une fenêtre entrouverte ce quatuor de Vivaldi qu'elle avait si longtemps détesté. Elle vit aussi, elle ne rêvait pas, elle aurait préféré rêver, la vieille voiture de son père, celle qu'il utilisait pour aller à la campagne visiter des villas délabrées. En dehors du Vivaldi, le silence était parfait.

Julia traversa la chaussée, et alla attendre sous l'abribus la voiture qui irait dans le sens opposé.

FIN

Cet ouvrage a été composé et imprimé par

FIRMIN DIDOT
GROUPE CPI

Mesnil-sur-l'Estrée

*pour le compte des Éditions Grasset
en octobre 2007*

Imprimé en France
Dépôt légal : octobre 2007
N° d'édition : 15016 – N° d'impression : 86247